傳奇與詩

阿翔 著

自序

阿翔

這是我第一本在臺灣出版的詩集，心情不僅僅誠惶誠恐，更多的是欣喜、悲哀交織，一時無言以表。

重新打量這部回歸繁體字的詩歌，幾乎感到陌生，但又有一種久違的親近感湧上來，畢竟離開太久了。或許我可以這麼想，我寫下的詩，通過繁體字脫胎換骨將獲得嬰兒般地新生。

我是詩人，在大陸被貼上太多的標籤：70後，旅人，自由職業者，啤酒主義者，民刊收藏家，戲劇人，攝影發燒友……，但我終究是一個隱密的詩人，或者說是一個矛盾的詩人。一方面，在有限的詩歌圈，我這個身分是公開的，可以說一覽無遺；另一方面，在詩歌圈之外的現實中，我卻刻意隱瞞了這個身分，就像靈魂在人群中不輕易外露出來，我把自己視為芸芸眾生的一員，低調而平穩地生活。這樣說並不是強調詩人的分裂，而是說，詩歌是一種自我的修遠。

我不喜歡追憶什麼，但有必要說一下，在我小的時候，因發高燒而誤打鏈黴素（streptomycin），損害了聽覺神經，從而影響了我說話表達的能力。至今我有著兩耳不同程度的弱聽，戴上助聽器也是無濟於事，因為我聽到的「聲音」遠遠大過了「語音」。所以，我與世界的溝通，只能依靠筆和紙，通過一筆一劃，幾乎不必思考什麼，而能把詩性的東西完整表達出來；但是我開口一說話，往往要費半天勁兒，一邊思考一邊努力想說清晰點，結果顯得結結巴巴、含糊不清，雖然聽眾們用鼓勵的眼光看著我，甚至給予掌聲，但我不可避免湧起一陣挫敗感。

唯有沉默給予我內心的強大，給予我慰藉。或者說，不說話，才是一個人的完整。通過寫作，詩歌在靈魂的黑暗處發出隱約的光亮，哪怕是一閃而逝，這時候我顯得敏銳無比。在時間的消逝中，寫作仍然是「日日新」的修遠，即使掌握詩藝的祕密，它依然是永恆的祕密。就好像木匠掌握了技藝，但是再好的技藝，如果不是用於自己的創造，它最多按圖索驥重複前人的經驗。最困難的恰恰就是對經驗的超越。這是由內向外的伸展，一個世界的自足性、豐富及不可捉摸的神祕，在我身外，然而卻是與我內在地相關的。

我曾經說過，在浮躁而焦慮的時代，為倖存的詩寫作而不迴避自己的病情和現實的黑暗，詩歌才能完整地暴露缺陷。至今在我看來，這句話仍然有效，無不時刻提醒著我，不要掩飾什麼，詩人畢竟被驅趕於理想國之外。烏托邦是一個隱喻，寫作也是一個隱喻。

正值這部詩集出版，但願能得到一點點回音。在此我向世界深深地鞠躬，表達我的羞愧和謝意。

目次

輯二｜真相至今沒有黑色謝幕 2011-2012

輯三｜秋風絕然於平靜的日子 2013-2014

輯四｜我們的聲音癒合在世界的傷口裡 2015-2016

輯一

它們的聲音
重新糅合在一起

2009-2010

好時光

最後剩下來的天已經更低了
我躺在裡面
夢見海馬生出手腳，有黑色發亮的鬃毛
有爛醉如泥的氣味
風吹到了身邊
遠遠看上去，只有麥苗圍攏寂靜。

姐妹們的嘴唇微微張開，冒出白氣
她們還在向上走著
右手掩住乳房
這時湧起一點點聲響，花舉起刀
因此聽而不聞，美麗的身子懷抱著聾。
天冷下來的時候
我不知道會冷多久
在火光中，一邊挖掘一邊活埋。

腦袋晃動著
有些模糊
跟一個人多麼不同，濕漉漉的海馬俯伏在海水邊
右手煉就了防腐術。

上沙

我越來越適應這裡的凌晨三點，黑漆漆的
沒有一點聲響
光照在樹影上
樹影變成褐色和紅色，許多奇怪人形在移動，相互交織
難以分辨。

當他在夢中走得如此之深，因此更深地背棄
他的頭髮陷入黑暗
被拉得很長，然後捲曲
說不出是在煙氣或是矮樹木中
看見無頭的馬匹一閃而過
我感到局促不安。

透過微開的窗戶
有時女人短暫的哭泣，蜷縮在那裡
還不夠弱小
此刻天空被遮蔽，像是有些異樣
我對身邊一個長髮的男子說，我們找不到喝的
沒有一片葉子是銀子的。

醉

我看到醉帶著女性化的身子，在松林間旋轉
並不悲傷。

手指醮著黏黏的糖果味，手指向天指著
半響說不出話來
轉身就看見他們做舊木工
把樹鋸得圓圓的，這些我都能想像。

必須去掉一些東西
紙隔著馬車，才不會有更多
周身長滿青苔的女性，像是經過了下雨，又滑又濕
騎著花踮腳，人比花輕
有些晃悠
醉在腹中旋舞，被葉片覆蓋，變得慵懶
並且形成胎形。

這時已經更深了
且露水成冰，周圍的神祕、危險與
孤獨性
這一次醉屏住了呼吸，緊挨著我，等著我一手
把它弄碎。

鄉村錄

我喜歡躺在一堆稻草，有馬糞的味道
來到我夢中。
月光覆蓋之下的樹枝，又伸長了很多，有漆黑黑的骨折聲
然後我遠遠看見了水池
看見白長裙漂在清澈的水面。

我有時忘記了林子裡的房屋
如果房屋很小，剪出的剪紙就乏味著，在身側咳嗽
她們點十二根蠟燭，從樓上下來
又走上了樓
她們跳擺手舞
瘋狂的，焦灼的，或者犧牲的，雙手撫胸。

馬骨被丟棄
馬骨越來越亮，叫人心慌
迅速轉身
張大的耳朵
屏住了呼吸，它們的聲音重新粿合在一起。

事情一件一件
挨個兒發生，我還是不能確定下來

直到稻草被吹走
直到我被困於冰塊裡，像是被人搬來搬去
覺得自己根本沒有醒來。

遙遠

雨水叮叮噹噹打在童年的木馬。
已經很多年了
看上去實在是太破舊了，我注意到木馬還沒有死
有時風從樹頂吹下來
他就舉著自己，把頭冠摘下來，晃蕩著，踩樹葉過來
變得陰鬱
繼而睡在雨水中。
我在遙遠的地方還注意到大象躲著偷偷竊視
挨著樹邊，屁股沒邊，夾雜些許心虛
用鼻吃花
花蓋在圓滾滾的身子
她是芳鄰。好的時候，大象經過了我，當他們貼近時
雨水接著停了
他們的眼睛變得一樣，手臂抬高了，把樹林抬得又高又遠
他們互相糾纏著，一會兒青色的一會兒灰色的，像一團難以分辨
　　的顏色
莫名其妙的
讓人擔心。

蜷曲

有時她是女獸，在隔壁洗著衣服
不復計年
使我在夢中驚悸不定，她飄在空中，把戒指叮叮噹噹地撒遍矮樹林。
有時她身體裡藏著另一個人
她伸出手
劈碎了馬廄（我看見她動作慢得驚人），然後說到家，家就隨後消失了
我俯身察看馬群的千變萬化
最後是模糊不清。「雨天不合適交歡」
或者是「像湖水和冰，但是不一樣」，我看見的
一些東西是難以言喻的。
那時我穿青布褂子
坐在田埂上，看著西邊的落日，一直沒有說話
身上慢慢產生了變化
變得衰老
我丟棄了她
拿著樹枝跟在後面揀很多的馬糞
還在餐桌邊嘔吐著，這些徒勞地耗盡了我的精力。

末日

一開始手是搆不著樹葉，接著就放棄了跳躍。
在私底下處
出現過三次，但沒有一次
身份是書中的女巨人。
我知道有這麼一個人
在日夜尋找我。
只有我不停地喝酒，坐在下面聽雨，一些聲音循跡而入，舊樹林
忽然變得新鮮起來
新鮮得讓人失憶，想不起樹皮已經鬆開了。
有一段時間女巨人穿著藍格子的裙子，翻過山岡
她拿著笤帚爬上了樹
很忙碌的樣子
她的左邊蜷曲著身子
比蛇還漂亮。
我熟悉了她，時刻承受著她的壓力，「夜裡有那麼多無辜的人
像是從很遠的地方過來」
所以我出門時就戴著奇怪的帽子
它使我迷霧般地隱去了身子。

骯髒的人
在下午會老的

在夢中，我被丟棄在下午的樹林中，這使我從小
產生巨大的恐懼。僵硬的木骨
瘁然碎裂
是一片焦灼的
變得如此粗糙，像是喘息，撕扯著亞麻布。
如果沒有風
我又怎麼知道，是雲朵包著撒灰者的身子
說要劫掠天空的財寶。
馬車飛馳過去
樹枝俯伏在兩旁，有無數朵花在吃東西
花嗓子很好，微微發甜
圍繞著變形的火焰，淡青色的，照亮了她的一小半
人們赤腳舞蹈，像是從天邊過來的。
她彎下身拔草，或是照鏡子，戴兩個很大的耳環，在我的夢中
哐啷哐啷
近乎迷惘的神情，冷冷的，「你要沿著流水走回去。」
我看見她漂浮著，在寂靜的下午
骯髒的人把左手放在衣服下面
右手撒著死人的骨灰
白髮滔滔。

失眠書

迎親的人我只看見病身子，變成空心的銀子走了
這使我想起
很久以前的事（與我每次想起的都有所不同）
或者是近景，這多像一個人
抱著海水回家。

我沒有首飾給她，一面鏡子隱去了她的臉龐。
桃木枝條上閃著水滴
有人喧嘩，圍著我的耳朵
四周是一堆被拆了的糖果店
被她一手復原了過來，變得寬敞而有毒
還有陰影的延伸。

「不必原諒我
我比你更熟悉你的哀傷。」獨角獸嚼著手臂
背朝火堆和綠色，彌漫陌生的氣味
她不斷地給自己起一個新名字，把餵養的蒼蠅拍死
然後放進另外一只。

最後有些困乏了
她收攏白皙的病身子，而我在旁邊用木梳子

慢慢梳理著她的頭髮
那時迎親的人在天上做了一群小海盜。

周遭

陽光無法透過枝葉，樹下開滿穗花
被風吹落了些許
是我喜歡的穗花。我還能望見遠處的
一層薄薄的煙雲湧動。
而近處，她們堵在我的前面，水淋淋的，像是從岸上爬上來
她們都不說話。
我伸出手，曲折，向上，隔著一些馬
我感到我是一群人。
白日的睡眠顯得沉甸甸的，「你若一味懷舊
就很快會消失。」
因此我不會對你提及那些
那些裙子，赤足，白羽
樹林裡乳狀的光。（裡面沒有什麼命運）
我只是摟抱著你
在哀傷中放棄了魔法。
她們當中無數的身子在樹冠上游動，緩慢
擁擠不堪
也有人漫不經心
一會兒看看天色，一會兒看看別人的臉色
雨水再次來了，我轉過身去了
我感到身下有另外的雙腳。

紙戲

我記得那一瞬，她獨自與人群相向而行
淡紅的胭脂
我覺得她像是紙上的人，周身蒸騰著乳房
很多人看了後就音訊全無
（後來她不再擁有變身術）
那些泡沫消失了
讓我一個人四周回顧
彷彿在此之前，我懼怕過什麼。
發白的舊瓷器，那時還十分發白
「用她的美妙纏住我。」
在水中
聽見遠處的樹林聲
像寂靜本身
草葉密密麻麻，漫過山上的一塊墓碑。
還有別的女人
低垂著頭
那些灰，那麼像灰塵的灰
一點點往高處飄
身旁有丟棄的木梯，「夢見採擷被乳房壓覆的花兒。」
令人永不厭倦
任風吹動著她的裙子。

屈服

牆角下那個當柴火的少年
食白雪和草葉
復原了身子。
那些杉樹從他的身體裡滑過
蟲子間相互應和的歌唱聲，都滲到他裡面去了。
嘈雜的春天裡
青石臺階延伸到水中
「這混沌的顏色，把她的美麗顯露」，更多的是屬於空氣
多麼熱啊
她的花瓣乳房，（花兒分四次開）
他看見她的春天之癢
山岡散開
遠處的強盜死去多年，仿佛帶著憂傷。
少年燒著他的衣衫
垂下頭顱
孤獨得沒有馬匹。
淹沒的城鎮隔著雲朵暗淡，她合攏了翅膀
在黑漆漆的田野上
有青銅，有豪豬，有笨死的群鳥，遠遠地發光
無人採摘。
火捲著草葉

少年焦躁，咳嗽著，一邊把自己當柴火
一邊不停地朝外拔木頭楔子。

噪音

在鐵屋子四周始終響著
那些習以為常的噪音和灰白，卓瑪點起燈來
挑亮燈芯兒
她呵氣
會看見黑馬靜靜冒著煙
沾著麻醉品，那是一匹好馬，順著山坡遠遠地逃開
嘯傲塵上，它的耳朵受傷了
趕馬的藏人不通漢話，她微笑不語，它遮住了所有的明亮
卓瑪束著馬尾
在矮樹林放火，反復著，火勢越來越不受控制
風吹著卓瑪，「在暗處，幼桃在你手中
會變成毛茸茸的銀子。」
身陷其中被纏繞著，草葉四濺
她有些厭倦
沒有人領著她回家。
雨水占滿了天空
水波上飄著黑馬，清晨它安靜而快樂
間隔很長的是
沙沙聲
繼而焦糊的氣味淡淡的

剩下的更微弱
像是緩緩地流出白色的銀子汁液。

風物

風色微藍
紙馬靜靜地躺臥著
在雪地的曠野裡，第一場大雪覆蓋了她的舊房子
在明亮的樹林
有低垂的火焰，被盲漢子偶爾看見
趁著天黑，抱了一些柴火
從她經過。
那個時候
她鬆弛下來了，身上水淋淋地
往低處靠近
整個村子就要睡著了，前面看不清，草葉相互摩挲
她不停地呼喚
紙馬還在夢著陰影和人群中重疊的臉
「手腳被截去了，都要
被她帶走。」
盲漢子背著布包繼續奔跑
像是要消逝的樣子。
她不斷收縮著身子，淩亂的，那些鳥群緊挨著她
（它們從不跟她懷孕）
她吮吸木頭，在大雪中變得遲鈍
她感覺周圍的東西越來越少

周圍的東西漸漸
連成一片。

寡歡

我開始回憶，那個騎腐馬的少年又出現了
他俊美地轉身
咬住嘴唇躲在屋簷下
「月光光地照著，死者靜靜
分開人群。」
霧氣繚繞
緩慢落在他和他的馬
四野靜寂，有時他低頭就看見
喪衣不停地隨著天氣變化
馬背上的少年陰晴不定，淌著鮮血，使我厭倦。
彷彿我的厭倦
挾雜些碎影，和馬的腐腳。
他看不見我，他的眼前是黑色的生活
「必須還清人世的舊債。」
石頭落在井裡
水就溢了出來，他自虐，溫柔地，壓低聲音
右手的銀鐲子色中透青。
梯子永遠向上，月亮上有點灰
為此我閉上眼
扶住牆角嘔吐。
河堤上一群肩背畫夾的女生跑過來

有一個嫵媚的
飛快繞過他的半截身子。

偏旁

園丁的妹妹走過去，在陽光裡
把背對著半失明的漢子
被解剖的花丟在一邊，花瓣無數，在咿咿呀呀中
和銀色的光線糾纏。
那陣風來得更早，呼呼在她耳邊響著
吹亂了頭髮
有一段時間她失憶，眺望雲霧散盡的山頂
腦子一片空白
一直站到天黑。
孤獨的時候，「像是懷抱花壇
抖動的小乳房有點晃眼。」
強盜排著隊正在消失，或正在走近
他們不斷地賣掉所有的房屋
後來就疲倦了
靠在垂直的樹旁抽葉子
沒有人說話
白日的睡眠顯得乏味的，容易生出夢
夢中是封閉的，令人反反復沮喪
那時候半失明的漢子剛剛搬進來，他對她還不太瞭解
於是他們決定騎馬
一起去遠行。

夢遊的人睡了
接著去夢遊

石頭圍成的城堡，城裡有海
我把孩子們丟到岸上
他們帶著黃金散開了。她就睡了，還沒有醒過來
野獸攙雜在其中
甚至有第三隻腳微微抬起。
在樓道口，有時她靜靜地坐在我的右手
我一轉頭
夢遊的女孩就從左手
穿衣鏡裡面
走了出來，多麼怪異的事情。
這時光線很暗
最後是模糊不清（這時候外面開始下雨了）
上身穿著件短衫，三粒紐扣散亂
隱約露出那些潔白與細膩，柔軟了很久
棉花趴在我身上
壓了我很久
用手紙一遍遍擦拭著女孩的嘴角
廢紙幾乎遍地都是。
當我在細雨中發抖，野獸從眼前閃過
忍住大聲叫喊
我在日記中寫道，「她整天無精打采，撫摸著，扭曲著身體

像是失去了雙腳。」
在空蕩蕩的樓道裡
海水一下嘩啦啦地湧出來了
風吹來她的棉花氣味。

印刷術

首先要帶一本書。他是惟一帶著印刷術的人
在傍晚，負債而逃
隱藏於擁擠的人潮，或者踢著空易開罐，喧響著
繼而從人群之中走遠。
有一會兒，什麼不想說話，他已經有很長時間
沒有像現在這樣，帶著一整天的光
穿過了灌木叢
風吹亂了頭髮，一直低著頭
他有一個羸弱的軀體
（或只是他多次重複過：而世界是黑的。）
那些植物的表面已經腐爛
它們也像他一樣，隱藏了大部分事實
「如同印刷術，整整齊齊
無比清晰，讓人鬱悶地看不下去。」
我曾反復誦讀著，還有呼吸
被他壓在遠方的樓頂上。
我看到他周身蒸騰著草葉味，有時發出含糊的聲音
有時手指彎曲著不停變化
最後一次是嚼碎了骨頭
而他還沒有磨滅，沿木紋苟活
在書頁的空白處，他寫下「要讓那些舊讀者

時時刻刻感覺出悲傷
顯得毫無辦法。」

手繪書

天快黑的時候，她在獸皮畫曲線，看上去不諳世事。
她是真實的，把我抱近
又把我推開，在樹林裡，在原野上，傾斜著
像是很多的她，有些慌張，有些植物的樣子，肌膚的顏色變得
　　黑沉。
四輪馬車咯吱咯吱緩慢地駛過
依舊套著繩索
我遠遠看見她畫她的手和腳
那時她還沒有名字
褪下紗麗和木鞋，她有一張祕密的地圖
我知道她是女瘋子
但她卻擁有令人畏懼的魔法
能讓我對她的肥美之臀著迷，需要交配時候也就是這個樣子。
在柴堆變成灰燼的時候，她表情嚴肅
「把手放在乳房，你就會看見了火焰」
樹枝上的水滴漸漸脹大，她還沒有生出魚鱗
有人奔跑亡命
彷佛是在掙脫著。
大片大片異族少女，她們圍成一團
躺在草地上嚼著木槿花

我聽見了銀器的聲音，少女通過殺人變成婦人
直到我輾轉難眠。

羊皮書
——致Y

獵狐的人深懷著水星和手藝，穿過樹林
弓箭落入深谷
青綠色的樹冠上那些濕的頭髮，都變成了果實
還有一些聲音我沒有聽見
有很長一段時間，手在旋舞
緊按著岩壁。
全身披著火焰色的女孩，變得碩大和俊麗
用煤炭殺人
她甜蜜，有自由的銅手鏈，低聲說話。
我看見彩繪的羊皮，上面紀錄著「親愛的，讓我馱著你
讓我用食指帶來七色的寶石。」
在需要靜止的時候
她刮來了風。
溺死的蟲子
今天活了過來，後面煙雲滾滾
有人背著身，圍著骯髒的長絨巾，那是一次簡單的旅行
（有誰能知道）
我有黑色的石頭，裝做輕盈的樣子
直到有更多的
狐和鳥過來，有些晃悠
吃完這些樹葉後，女孩在傍晚寫下了落日。

藏地書

寂靜而魁梧的漢子
緊壓著藏地，在這個地方喜歡待上一會兒
沉浸在黃昏，執著陰鬱的刀光
四處幻動，其實他已經有切身體會。
她們身著用鳥翼織成的裙子，滾動的石頭不生苔
比天空更遠的是藍，然後藍色漸漸變白
拂滿了藏地（被風吹折的草會越來越柔軟）。
夢中的漢子正值中年，他傴僂著身子，把木柴燒成炭
在火光中釀酒
純淨的酥油
散發著淡淡的甜味，喝過的小鬼會變得大氣。
春色有時大好，可以一直朝南
穿狩衣的人住在那裡四肢著地禱告，在這個時候
更加空曠
讓人難以察覺。
她們削割著木枝，走路的時候不能往前看
他以為無數飛馳過去的馬群是暴躁的
吐著火焰
他不斷挖出地下
新鮮的濕土漫過他的腰，頭頂上的果實會掉下來
「日子呀如流水急促喧嘩，卓瑪呀帶著水汪汪的眼睛

潔白的哈達飄起來
我去的時候，她們在哭，我獨喜悅！」

桃花謠

在黃昏時
我看見大肚子的美人赤裸足踝，在她身下落滿桃花
低垂著頭，不時地彎腰
或者仰頭在看著什麼
周圍是桃木成林，一棵緊挨著一棵，有呼吸
彌漫著冷的濕氣，寂靜之中隱沒了漂浮的光焰
小草蟲現在唧唧鳴叫
鏡子把她送入水中
劃著混亂的水紋，懷孕的身子如此這般美妙。
她柔柔地不說話了，怕碰碎了纖弱的桃花
靜悄悄的，在暗影裡，潔白的脖子藏在翅下
可以聞見桃花變成桃木的味道
騎著馬的死者折斷彎刀，在樹影下等著她
風吹動她的衣服和頭髮
風已經把她吹走了
讓我覺得她是遠遠的最孤單的美人
像是剛剛轉過身的背影，我抓住了一根桃木枝條
「搖啊搖，搖啊搖
桃花落，過燈籠
早起的布娃娃不鮮豔
青物繞林四百天」。

女手藝者

大風吹過破舊的屋子
一個人身懷手藝靜靜地坐在屋頂上，她開始是僻靜的
手藝長出了她的手和詩藝，天色還沒有完全暗下去
顯得那麼的白，多麼地疲乏
很長的水泥臺階慢慢變得冰冷
早年銀灰是永存的
有月光的夜色
在廢棄的花園深處，宛如幼小的聲音
我聽到她內心的喜悅。
雨水來了，淋濕了她的衣衫
熊熊火焰呈現出麥黃色，使她驚奇
她說屋頂沒有鬼，「鬼是篝火裡最輕的姑娘
從火中伸出手指」
多麼純粹的手藝，鬆開了有羽毛的空氣。
我有時喜歡看她沉睡的樣子
我像是認識她。
青色的馬群
帶著憂鬱的顏色，將湖水圍住
自由自在地遊蕩
只為著明亮的身體

跟隨著她練習幻術，那時美麗的樹林間隙閃著光斑
又被風吹得就嘩啦啦響成一片。

燈草詩

從旁邊過去，看見沼澤草本，相互摩挲
密生鬚根，指著流水
迅速從山後湧來
天風浩蕩，看久了會厭倦。
三角形的屋頂，高舉著破舊的鳥巢
它破敗，空無一人
只剩下悶熱，小狗狂嗥不已
昨日還在繼續。
「將粗笨的身體一點點消耗」
到了這個時候，莖髓可點燈，有安靜的香味
顏色呈乳白狀，柔軟有彈性，仿佛用手可扯斷
他接受一串燈草，系上了線頭
他的頭髮變得淩亂
他在人群中奔跑，在水中洗澡
地下的蟲子緩慢蘇醒，然後是試著掙脫。
他的漏子會越捅越大
隔著一扇木門
醉酒的女人臥在木凳上
寂靜之中隱沒了那白白的渾圓的乳房
他重新聽見她的聲音

他不再需要
因此他不停地種下桃樹，對外面充耳不聞。

舊青春

當你傾心於絲綢，我知道到了重臨的時候，到了朗誦的時候
會有一些鬼跳出來，麻木看著
屠刀遮住半邊臉龐，盲目的女人抬起臉
順著你的病
觸摸到你背後的硬傷
能夠堅持多久就有多久，在遠方，落下的葉子順風而來
黑暗中你孤獨地奔跑。
慢慢舔你甜蜜的毒，把蝴蝶的翅膀弄得散碎
我不舞弊，以至於還殘留身上的沙塵
我不流淚，壓著那潮濕的分泌
「這次輪到你了，別停下來，別讓回憶又折回」
看到衣服和皮膚之間的貞潔，一邊撥草一邊無限地老死
所以你容易滿足。
朗誦你的肥美，朗誦你的絲綢
因此沉在水底吐著泡泡，學會長大和墮落
懷抱著穿牆術的絕招
那些鬼一直都不想回家，亦不想重新做人。
整個顏色變暗了，羨慕肉體的舊青春
那麼我拾到的木柴就會悄悄發芽
可不是一兩句話能說清的
老式火車已跨過去了，月光還襯托著你的半邊乳房。

謠曲：給父親

其實，只需要保守地聆聽，聽父親這麼的細聲說話
把手放在他的肩上，想起他的年輕時光
或是一起到湖邊去走走。
霧氣如舊，影子反復摩擦他的衰老
他有蜷縮的脊背
他勉強不得
他不喝酒
他習慣了匱乏，周圍的三男或五女有所不知。
「空房子，木閣樓
舊書中的父親，替我悲傷，把我照亮」
木質彈鋼琴擺放在昏暗的角落，沾滿灰塵，蛾子在窗前飛舞
瞳孔盯著我（而我離開多年
站在樓梯沒有流淚）
眼前多半是一堆篝火，有些恍惚
樹枝落下許多碎屑，散發出草藥味
我不知道
我只是懷疑，從前的樹根是一個祕密
濕潤過，腐爛過，當然，它可能是銀杏、松柏或是古槐
像是他的過去，還需要警惕緩慢，這跟秋天的收穫
更相去甚遠
他長得枯燥，但如此安靜，是那麼的真實

手覆蓋了一場大雨，「梨花白，桃花紅
風吹少年的臉龐
一袋金子被打發」。

風水
——再給父親

父親看不懂我給他寫的那首詩，以致夏天來得特別
特別有些彎曲
觸到樹梢，就晃動了兩下
我想起了他的沉默，小煤球已被火焰熄滅。
風吹著屋頂，發出呼啦呼啦的聲響，孩子滾動向房屋
門楣上寫著：早晨僅僅是從他開始
他只是一個累壞了的父親，咽下的東西難以消化。
他不需要一個刮胡刀
每隔三天，漫不經心地擺弄指頭
他的下巴就光滑
看起來比他實際的年齡要年輕一些。
他選擇了微弱
在屋子的外面澆水，他的孤獨開始有了微微的褐色
聞著童話的味道
像從畫中誕生又欣然消失在其中的人
練習隱身術，讓我看不到父親
水泡漸漸膨脹，變得透明
植物欣欣向榮。
因此我應該再給他寫一首詩，應該在他手心裡寫下
「乘風則散，遇水則止。」「故鄉有大美
萬物有你的內心。」

陽光從窗口湧入，緩解了他的遲鈍症
讓他煥然一新。

鄉村酒館

只有向晚的風色，吹動了麻布窗簾
夢見黃金盔甲沾滿塵土
顯得低調，房間的門在後方孤獨地敞開。
在魚群般的鄉村日子，可以左右逢源，少年永不流浪
那些線條多麼柔滑
有木質的氣味
我在柵欄的裡面走動，草地稍微泛綠
花燈籠越過封閉的樓頂，這眩暈的一瞬。
摘取半葉蟲鳴
舊友安坐林中懶洋洋地袖手旁聽
或是私密
或是聚會
或是獨自一人摁滅煙頭
我不說那些重疊的影子，我不說踩著了灰
只需要些酒，輕微的醉，在我走遠的時候
「他們遷移至此，過著與世隔絕的生活。」
迷惑於瓷器清亮而微微的顫慄，然後我想起了她
有時她消失，有時重現我的眼前
她有柔軟的蒼耳
她戴上幼年的花草環

在更細密的雲霧
粗壯的樹木成排成排，被她輕易地數了出來。

遺忘詩

和你喝酒談話到夜半，意猶未盡，所謂不知歸去。
那時的歡顏已成爛泥
夏日的皮膚仍然悶熱著，這多少讓我不適。
水滴碎在蕉葉上，顯得有足夠的寂靜
在寂寥天邊
我一眼認出那頂灰色的帽子
其實我看出了你的面孔，恍惚不定的是她們的光澤
與聲音，「親愛的，不工作的時候就
陰天吧。」
所以她們避開你，有時你獨自往返其中
黃昏和看門人，有時沉默中彼此遺忘，並且一點兒也不獨孤
你醒來，光滑的身子依然光滑
片刻被幸福和暗黑圍攏。
後來我猶豫了一下
在需要最歡快的時候，她們肯定會骨頭痛
這一片光光的水面，頭頂上的白雲越積越多
遠處的樓群生了雨鏽
陰影是必須的
埋藏的白銀是必須的。
背轉過身子
看見火焰接近尾聲

舊種子暫時不抽芽，如果比較一下周圍，你就會知道
我有太多的枝幹，是不值得誇耀
因而我坐在那裡，遲疑著，死不承認漫長的童年終於結束。

他日之詩，或者其他

雨中聽到冷鈍的撞擊聲
她睡眠不足，灰質的；騎破自行車溜達
樹林裡沒有觀眾，都被油煙髒汙了。
這時她不太陌生
能辨認四周的氛圍，（由於近視，只能看到一片模糊的樹影）
聽不到短暫的蟲鳴，火和獸群一邊旋舞，一邊紮入草叢裡
她不熟悉它們
那意味著獨處，她的祕密無從所知
在其他日子裡節約了時間
甚至疾病。
「一切都是晚點，難以溝通
我帶走自己的光澤」
在這個地理，人事已近古，消暑之後
抱著的布娃娃就很亮了
像媽媽教訓孩子，不可出林，不可出聲。
她的睫毛長長，拖著金銀匠的手臂
延續著飛行術的沉默，纏繞她的只是田野
和外面的黑暗，早早咬開果子
眼前一匹白駒過隙，她尖叫著，回憶慢慢擴大
圍繞著她的身子
使她越來越舊。

將進酒，給魯布革的詩

我和魯布革談論八年的世事茫茫，其實我看到的是老
在他沒看到前，它們更老。
飛走的蟲鳥轉眼又飛了回來，不易察覺
一塊花格布鋪在酒桌上，讓我想起偌大的街道
不過是小隱亦大隱
猶如入無人之境，所以不諳世事。
她坐在木椅子，說很少的話，像這個下午僅有的安靜
雨聲鋪天蓋地而來
佩有玉石的素裙子，依著空氣降溫
樹叢裡開著小花，對面的景物
低矮，我們繼續走
暈頭轉向，步履飄忽，遇到河流和牆壁的圍困，也沒說出什麼
夏天在緩慢消逝，他還在燈籠下搖晃
和樹木交換氣體
「我的曼陀羅我的心肺，今宵醉臥何處
我的芒果我的命，美麗的女子轉身而去。」其實他
什麼也不需要。
我和魯布革，彼此走得很遠，又相逢於彼此
我感到安慰
他在左邊，帶走性欲和經書，風吹草動，必捨天下。
在尚書吧，靠門的那面牆裡，人影嘈雜

醉眼睜開，惡醜的人誇誇其談，這無關緊要
可以摔門而去。我開始相信
即使一群人，到最後也是孤僻的。
大雨還在繼續，那麼浩浩蕩蕩，而我身邊的座位是空的
去留一無所牽，並且，得失兩不相欠
如果還有必要，白酒再上桌，摘下一片小樹葉
他有模糊不清的身子
活在睡夢裡。

古紙詩
——給津渡

當你把門打開，一部新著的《山隅集》被抹去光陰的面容
即使這樣，我只是坐在那裡，在你對面
你說，再撒上一些細鹽
有誰早早入睡，兒童遠遠夢見了古紙，彷彿一塵不染
雨水過後，那邊的植物滋長，整整齊齊
所以你選擇用樹比喻自己
除去色澤，整個下午烏雲壓境
一會兒就過去了。
你拿起酒杯，你微醉，在古紙復習間歇的一首詩：「她抱著
她的貓，站在門口笑意盈盈
這兒還有六十八米。」
那聲音像來自一個深不可測的地方
無辜的兒童被干擾，有那麼多眼睛隱藏暗處
你敵不過騙術和恐懼。
回到從前
這空蕩蕩的屋子裡
我獨吹風
總覺得遠古的人們有時會聞風而動，帶回各自的身體
花謝之後就不再有結果
看來我真的是想通了，在六十八米之外
我看見你在散步中踩中陷阱，就掉了下去。

大雨滂沱

清晨我看到山峰低垂，繪著褶皺，在剛剛踏上的山上
那些龍眼果子穿越樹蔭下，涼在光亮的旁邊
小蟲子越飛越低。
懷中的夢境輕如濕漉漉的花草
像是有人聽見花草之音，胸懷豁開。
在我微微走神的時候，她們繼續採摘龍眼
大雨滂沱而來
美人被擦亮了，易於呼吸
她說美也是遠離。
雨越下越大，看樣子沒有停歇下來的意思
我白等了一上午
她們靜靜縮成一團，互相依賴，散發著淡淡的甜味
眼前的山路有過多的延伸
雲朵形狀的手推開門，那些較大的空白和寂靜一閃而過。
舊的童年不如人意
她們的身子隨著樹枝遊動，手中的木棰輕微向上
充滿了可能的曲折
大雨傾覆了滿山樹林，萬木蕭蕭
或是被人形容的，果子紛紛落下來，偶爾露出馬腳
在空中疾馳，然後孤獨地繞開。

早晨尚未開始
就提前結束

早晨我恍惚醒來
由於記憶，我出生時有些含糊，這是最致命的錯誤
長久的壓抑，我呵出了口氣。
一生中有那麼的幾天
雲層晃過幻景，那些唱詩班的孩子尚未回來
他們帶走天使
拐了彎還是不吭聲
在風中，我一伸手就會抓住一綹鬃毛
以至行程變得拖拖遝遝。
這些你都不知道
我提及的就像我手中繃緊的舊繩子，你看見馬群有溫暖的身體，
　　為的是提醒自己
眼睛裡的暮色是不可靠
我說出來
你是無法彌補。
在簡單的寧靜中，我有返回去的想法
雨水就是遲遲不來，感覺光線越來越渾濁，那麼不景氣
裸睡後發出熟悉的喘息
你可以緩慢地打磨我的骨骼
偶爾你抬起頭向窗外張望
綠色充盈的樹木，旋轉的時候，你有多深深不安

事實上，早晨不過是尚未開始就提前結束
我自墜於病翅膀。

輯二

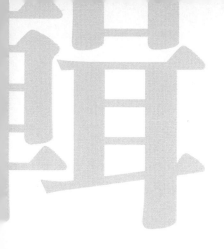

真相至今
沒有黑色謝幕

2011-2012

黑皮書詩

我變得固執。總要到夜半三更變得異常清醒
出現在貓咪的嬉耍遊戲
折服於它的平衡感，更多的是不停叫喚
這乏味的秩序，但不代表
打著手勢假裝適宜暢飲。就像假首飾
哪怕毫不起眼依然會現出原形，這是事實；那時

高樓令我恐懼。個人幾乎難以疾速
萎縮不前，在一個地方老這麼耽擱。白天在喧囂裡
國家主義舞得甚歡，意思完全變了
分辨不了冷熱。在沉默的時候，黑皮書
在嘶喊，重要的是「閱讀是書簡的慢，不會
留下一絲痕跡」，這說明我揮手

攪動了空氣。凡能憶起之事，感到渾身抽筋裂骨
宴飲還未結束，「身體的用處愈來愈少」
被器械冰冷的分析，以及面目模糊可疑。更遠的
路徑必在異地，老習俗也許有效
但不能使生活得以救贖。上頭有大片烏雲
漆黑一團的變形，雨就倒立下了起來，因而

深入更暗處的閱讀。甚至不能感知的，我一眼
看穿了這個花招，不外乎這樣
還要忍受地下室的約束，反奇跡的舒展就無從談起
我在它身邊環繞了多久，直到它在高牆上
若無其事地散步，它善於爬高
不善於從頂點下落，使我常常逃過一劫

灰皮書詩

每一個下午有些麻木，是多麼滑稽。
天氣預報說有大雨，如果是我聽錯
了，那我無能為力，你反復觸摸蓬
勃的髮辮，也許是這樣，這裡就空
空蕩蕩，門被反鎖了，並不表示周
圍一片小寂靜。翻覆睡不著，好歹
還有閃電，呈現出反方向，只剩下
名詞。所以，我不能說逾越，沒有
人站在你身後，即使有，彼此看不
見。唯獨你談論起陌生的面具，這
從你的挎包中可以看出，一本書褪
去了顏色，或者它更代表著你；關
於羞辱的觀念，也不能使我一下子
掉頭就走。這顯然你似乎沒有背景，
你確實在詩裡哭泣，仿佛身處舞臺，
使用過水銀，從偏見的故事與不真
實的成長可見一斑；應該說，你感
受到了種種疾病，所謂隱身，無非
恢復到原樣，用暮色掩藏多少祕密。
一再試探它的底線，結果難以脫身。
還好我夠老實，不！你看到的是我

假裝老實，被壓抑的太久，不管那
麼多了，我需要醉生夢死。而後被
你記錄下來，在我被改變之前；無
法講述的下午，直到牆角長滿綠藤。

白皮書詩

無數雨水淹沒我的閱讀，進而急促，
一點點劇場的荒涼，光豔消失，
那麼多人相互阻隔，目睹年華已逝，影響你的一切，
有時，你會想一些問題，
這裡就有一個，譬如冷氣融入新鮮空氣，
由於經驗不足，感冒隨時發生，
之後一蹶不振。還未被經歷過，用白皮書掩蓋「域名不存在」，
無法訪問，最終歸於我自身難保，
對負重累累進行清算，只識得酒中趣味，
慣於祕密旅行，你就會明白這一不爭事實。
「你終於沉澱了下來」，這意味著我無可掙脫，
「沉到了最底層。」傳說中的引文，
可以在黑暗中側耳聆聽，當然我不用沉湎於夜色，
像你說的僅僅是安靜的位置，
漂浮一首詩的古舊韻律，「你將永久盤踞」。
鐵軌深不可測，惟有你能夠檢視嗓音，
在世界的姹紫嫣紅祈禱，
癌症不可放在這裡擴散……
並以此證明樹木有呼吸的幽香，我看到你的童年，
泥濘的腳印，或許，是尋找雲朵上的「一滴雨」。

紅皮書詩

用紅皮書比喻，這很容易，氣候延長個人史記
再加上那些暴烈之美，不必是清醒的夢遊
只說是時間不夠用。她會如此驚奇
連續不斷的大雨無需證明，至少有部分
讓她有點不安，好多人
在這裡匯合
她猜想那是有點氣味的地方起了變化。

她躲在隱喻裡磨牙，並借此躲開
羞愧。紅皮書的的劇場
不足以顯得偉大。問題是，有些細微的讚美和神秘
時時出現在夢裡，尤其是撤退越來越遲疑。

有時，在忽略中談論紅皮書
總覺得像是盡力迴避血型；只是脫離……
絕非手無寸鐵，如果飽含了
歪曲現實
她最終選擇放棄，或內心要求寂靜
當然，推掉所有工作，以示象徵偏離
也不是不可以。

生活不敵無中生有。這仍不是她要的詩
她洩露祕密，亦無糾纏刺鼻的樟腦丸
對意義沒有必要猜測。
也許，向南遠觀，可以是清新的。
瞧，幾乎離題萬里了，翻到最後那一頁才想起
還沒有解決空腸胃，她能說出的只有
對夏日的淩亂和壞脾氣。

黃皮書詩

我們能準確地推斷出這本書泛黃的年代
經歷過多少次波折，黴味滲進故事的不完整性
而它不斷膨脹，我無言以對。

如果不出意外，不外乎就是重溫根源，無效的敘述方向。
或者，其中一個回到暗處，好像比現實更具想像力
後面還帶有一長串最重要的名單，「連死亡

都成了活著」，我知道這不正確。
施暴忠於愚鈍，不然另一虛構是顛倒的，語言的……，它
一下子滑入了誇張的悶熱，然而

我們視而不見，依然微弱
不能體現滔滔不絕的謊言和對自己的篡改
那時，我看見這一點，恥辱

是我們的。這不免令人狐疑
更不要說小惡俗風格，為了防範魔術師，我們隱匿了
桌布，所以無妨清醒。實在厭煩了一片

廢墟感，遠處的燈火滅掉了燈
如果沒有人指明我的身份，我會聽見骨骼往回縮
坐在暮色底，少年的情緒加速了面目黝黑。

回到現在，不單單是臃腫的閱讀，說出即沉默
最後獲得果然是苦澀，所有陰影
輕過高度，我身居幕後不能轉喻這一瑣碎的敘事。

劇場，情色詩

情色即傳奇。
不是專制的可能，我得到的不僅包括嫻熟
也包括了撒開腳丫子逐浪。看起來是
把鏽在身體裡的鐵塊融化，我常常成為波浪的部分
前後並不矛盾，還有更多的事
即將要發生，譬如在花園裡挪動身子
「但不會待得太久……」，祖國在做夢
有時是陪襯，有時是
列車在雙軌制上疾馳（意味著我仍然在車廂內）
我還可以堆積更多的精力
其作用只於我的
滔滔不絕，以及疏離主流。讓我對變化束手無策。
很多時候，在欲望推動下
亦不會改變我的初衷，驕傲是形而上的征服感
只能成為大煞風景，如此爾爾，渣滓足以
自喻。就是說，鋸齒的閃電和周圍的
嘈雜物：首先被浸泡，腥味與性欲的關係
更主要是審美各有經驗
這難免不現實（彷彿一個錯誤）。正如
遙遠，是牽引的特徵，這使我不得不說出

真相：是的，它們近乎一首詩的情色
近乎苛刻。

劇場，
追尾詩

我決心熬過這個夜晚。記住這個日子
大雨撼動著樹枝。
遠方變做近景，由於火焰和灰塵而不太清晰
在一剎那間的閃電，它唯一的此在只是把門打開。
目睹了混亂。即使繼續被遮蔽
通過象徵製造無窮無盡的迷魂陣，還須考證。
或者，它顯得遙不可即，隨時介入
前後矛盾的邏輯，零距離的
接觸似乎盤旋交錯。
實名制和粗魯，在鐵軌上推動的是厄運
有多少衝擊的力量
在我胸口撞響，想像中的撕扯
被橋樑空洞化，無視碎紙片的遊戲，哦，我會說：
始於這樣的傍晚，再抹去一些人事
無非是更多的人把握著方向盤
把具體糟蹋到東拉西扯。
我看見……「你熟悉那些場景，未必是真。」
陌生之地一直怕黑，一次從未成行的
遠遊被終止，白晝被減到最少。
我從沒想到，在那裡，空曠中的轟鳴轉眼即過
意思是掩飾性的藉口，這並非

可怕的例外。問題是，如果我要熬過這個夜晚
那麼這首詩寫到一半就慢了下來，即將
被下一首詩追尾撞擊
這讓我鬱悶無比，悶雷沿著天邊滾來
「是的，人世；是的，扼腕……。」

禁詩

與以往不同，這一次在隱蔽地與正題之間插入事物
一首詩被禁止流傳，辨認並非漆黑一片
最後的誘惑仍遭受眾聲喧嘩

過時的韻律不可讀，命名不可靠。常常擲骰子
然後在城市顯得特別匆忙。有時享受孤獨
有時忍辱負重。而最危險的關係正逐漸瓦解
精確地說，我的存在妨礙了兒童嬉戲。事實上，慣性來自個人
　　感受
出於延續性的必要。這一刻，可以在這裡找到答案
盛夏的安慰術早已不頂用

隱入一首被禁止的詩，我意味著什麼？
覆蓋了有效的的健康
把鮮花獻給大好天氣，這漫長的國境線
似乎是安排好了這一切
回憶無濟於事，真相至今沒有黑色謝幕

衰老可能是我身邊的一個人，或者另一個人
在廢棄的小旅店裡，從茨維塔耶娃到辛波絲卡

這兩個偉大的詩人並無任何瓜葛
但很好完成了種族的滅絕

對一首《禁詩》注釋，致詩

如今，樓上的音樂已結束，頭盔頂天空
是重溫感覺的時候了。撲克牌的
女皇，這是在寫信過程彈煙灰的姿勢，這是老火車助長了
我需要的時間，哪怕是歧路。
「向命運致敬？」——不不，動盪是沒有學徒期
它應該呈現落日中的恐懼。
博物館之外，便是酒鬼的深淵，便是歷史
終究要形成汙垢。很可能，還會有短暫的明亮
需要周而復始的忍耐，身體無謂的崩潰
使我永遠向外敞開，多山地區也敞開。
一首《禁詩》涉及到「種族的滅絕」，實際上，這兩個天使
她們所承受的各種遭際，不再在後世延續
並且，她們之後亦無後來者
正如戲劇預言：草紙有無與倫比的手藝事業
這意味著多麼非凡，從不孤獨。

隱詩

讀完《百年孤獨》，已是初夏
裝飾性的小木牌會代替我，隱身於鬧市
大門不出，小門不進。鳥在窗外飛過
有很長一段時間，我還在懷想
或者相反，坐立不安，不是屁股問題
關於生活的負面，疾病
幾經反復，就必須世故和虛妄？扯淡！
什麼群峰之上，狗日的！夢境打滑出界，總之像是越讀
越遲疑，白髮頓時叢生。
從詩學上看，謎底意味著
藝術繞開了遺傳。如果要形容，那就是我背後的
一道閃電，瞬間即熄，重要的是
我不想去驚擾。有時加上這一句
「你所反對的修辭
絕對專制。」這悖論的雞巴
一直試圖破解，弄出烏煙瘴氣，也有例外，對陽萎
從不在書本裡談論。
色情偏愛暗示，百年喜歡孤獨
黑社會的老大，顯得無懈可擊，身上有天堂
誰也看不見。一首詩隱藏在寫作中
讀完它誰也記不住。

盲詩

光明並非用來看見，像瞎子，須掌握必需的要領。
盲！甲骨盲文，盲道路，無過錯的相濡以沫。
人有雙重屈辱。

在獵場柵欄內打量貼身便衣。
鼓勵對生活的原諒，我背後是無邊法則
顧不上流動，也不收聽，順便把黑暗的心臟撥得
像算盤一樣滴溜轉。

當然，最好的絕望在別處。
夏日掠過天空的晴朗，分辨出濫情和假高蹈。
風月乃是高尚者說。
一段乾坤的魯莽與傳奇交相輝映，忍不住引申出白銀
堆在門邊，無處可去。

如果我沉默，是有始無終，門環是有汙漬。
對南方克服不了過敏症，意味著衝動幾乎是不可能。
被要求縮小的國土，仍在意識裡。
無以媲美，那就在噪亂中請聽聽：「會有必死的未來……。」

暴雨詩

無數次暴雨，無數次克制著厭倦。
像他們身後的醉態，這漂亮的縱馬賓士。祝酒辭難免有空曠的壞脾氣。
與暴雨相對，鏗鏘鍛煉了我的東拉西扯，無捷徑可走。
雨中狂熱的人民，決不說出「該暗的火苗」，鐵絲網糾纏赤色。
這好比警察與讚美詩，圍繞廠房的紀念日，並加以改造。
而我正在失去記憶，無需任何主題，人有運勢不濟。
這本身很無意義，但不能用練習曲來形容，不能用「最後」。
時間不適合於稀少，目擊證人在超現實主義裡長出鬍鬚。
很明顯，暴雨在黑暗中奔走，讓我早早醒來。
或許再假設更多的命運，都不及最孤獨的洞察。

謠詩

竊竊合適耳語，離奇的故事更擅長於綠水沸騰。
你能看見的是虛構大於國家美學
像是打了響屁，就有了
另一種可能，眾口一辭，或者不一辭
遠觀肯定遠出了國界。
鬼鬼合適祟祟，在過於安靜的地方老擔心被遺忘
其實你對風景喪失了興趣，人心緊挨著
不確定的催眠。
謠……不僅僅是見過太多的世面
有時前後忍耐，更多的時候你被迫適應倒垂的樹林
只要稍稍挪動一下，你就感到更加擁擠
這顯然不是一場夢。哦，你會說
「內訌是多麼骯髒啊」，這一次並不忌諱流露
周圍的抒情穿過了集市，這是真的。
詩藝需要分寸，把握住節奏
最多只能助長你的上午，而下午無法周轉。
奇怪的是，長途旅行與此事無關，即使是
你看見了很多，如果陰暗
你就看到沒有被及時擦去的謠傳
有不可理喻的真相。

頌詩

出於草稿的草率，需要耐著性子，用反諷喻之
再加上正午的熱浪，不須分行，可以足夠堙沒地界和花事的舊名稱
「改變形式才是救贖。」在更暗處，旁觀者清，導致模糊不清
這有什麼關係？我看不見過去，低飛的星體綴滿鐵欄
我的寫作被另一些嗜好者窺視，譬如頌詩，通過正話反說而變形
還要躲過無數次暗箭，似乎變得空無一物。黃昏不必是輕音
只適應我不停練習假聲，放大意義的猜測
或許，是頑固不化的修辭，不顧左右而言他，新的謊言
忙於華美。因此我中止了向南的旅行，無謂省略
慈善事業硬生生地一蹶不振，一切不可解釋，只是比喻，歪曲了
降雨量。那自然，應有盡有的隊列向後轉身，沉默彷彿烏鴉
一點不呱呱，藤蔓以另外的呼吸延伸試探，隨時會縮回去
方向偏離更是無聊。如果可以，用黑布蒙上我的雙眼
站在高處不用擔心恐高症。瞧瞧，這就是我個人的現實主義
並不足以形成經典祖國，漫無邊際的建築，人有許多影子
估計擁擠不堪。「災難即讚美，需要剪輯成全圓滿。」而事實是
我一無所獲，不說虛無的片面，有私奔的必要
對於無公害的寫作，背後還隱瞞我內心的無情嘲弄

棉花詩

涉及棉花的急就章，是用來反對不朽的標本
這是頌詩的延續，它並不是走向反面，造紙廠開始剩餘
齷齪的渣滓史，一如革命後的碎屑。棉花一絲不苟
脫落皮膚，激發想像飛翔的可能，或者更多
這讓我感到渾身不舒服，此刻很多人帶走了饑餓，能說明什麼
未來的形象多麼旗幟鮮明，這意識形態語言，並不是我想要的
彷佛廢墟沒有任何問題，只是加強你的邏輯，甚至可以贏得
無可辯駁的謎面。再這樣下去，你目睹所謂的事實
不過是太虛玄，反應跟不上，我不可能一一指出來
醜陋是另一方面，相比之下，白晝顯得頌詩的正確性
其實記憶不可靠。塵埃擠進那些聲音，僅僅敷衍你一下
這讓我頭暈了，就算我無目的漫遊，從來沒有遷徙過
人與自然已無關系，還要忍受謊言的折磨。我因此看見棉花
被加工打包，整整齊齊排列，多像毫無個性的集體群眾
在暮日黃昏，擁有野獸的驕傲，意味著我們罪孽深重
屈從於該死的過敏症，然後你變得劇烈，或者說最後一首詩
毀滅了見證。如果不是眼前的風景被棉花包圍
就斷無身後的遙遠之路，昏暗斷無容身的屋子
這本來就是這樣，危機隨時可能到來，你不擔心我卻提心吊膽
無論如何人間喜劇永遠不會展示幕後的一面，至少各安一隅
虛構的晚餐爭奪席位，千裡之外緘默不語，很多時候

反對不是最有效，而是我對現實表明態度
哪怕是殘缺不全

手藝詩

接受博覽，不接受群書。這樣的話你肯定不信
承受相同的壓力，這不健康的時代
本身與寓言沒有什麼關係。事實上，記憶
是用來清算，而我不得不用它來顯現，在夢中
贏得一場勝利，這的確是炫耀

寫作包含著這些修枝剪葉，都統一於手藝
甚至出於信仰。另一方面，背景靜穆，這時候恰好
羊群從遠處走來，與殘忍相互排斥
就算不是可以觸摸，也還有內心的卑微

你無法談論庸俗，也許你熱衷於此，但你不能深諳家譜
斷句和修辭，譬如乾草上的異鄉，有不可思議的
愛情，便陷入泥濘，接受雙關語的詛咒
不穩定的高傲，帶來「苦澀的名聲」。這季節
望著還沒發芽的樹枝發呆

美多麼短暫。接受澆水，不接受讚美
修正筍記裡的颶風，引文是把黑夜說成白晝
你說的對，我確實有「死一般的完整」，所以譴責
是必然，在酩酊大醉中沉沉睡去

仿佛是殘缺不全的虛無者，不可能全部被揭示
在我身邊有太多的禁忌，足以讓我吃不了兜著走
因而你所看到的，年紀是不可度量，適合驚醒時的改變
撇開那些枯死的灌木不提，只有手藝摧垮「腫瘤」和「腐朽」
讓一首詩顫慄，充滿轟響，並且祕密地旋轉

紀念詩

真正的時間流出時間，舌尖上的毒，繼續不舍晝夜
如果戲仿，很容易被道德膠著。而我還得住下去
忍受太多的貨幣，努力懂得貧窮的彎曲
每一次都使我恐慌，真正的問題隱密，說明了被耳中轟鳴掩蓋
譬如，「惟有在悖論中往返的人是真實的」，我無心睡眠
仍將繼續浪費。這一次，我把紀念請到紙上
就像把麻花狀的繩索請到夢中，那是對膽怯者驚擾，是不為人所
　　察覺
我說，從現在結束，紀念歡樂和灰燼
紀念煙草拒絕成長，落實到具體，這必是新命運回到
眾生行列。或者，順著偉大的傳統才能找尋
最後的繼承者，在混亂中學習緩慢，在平庸中學習俯瞰
也許這些還不夠，但誰都明白，一切喧囂都是
假像。從前的帝國皇后遠走他鄉
生死不能討論，哪怕一紙空文，也會被篡改
就像現在，紀念不過是臨時寂靜無聲，卻是更久遠的聲音

新現實詩

虛構的寫作……追趕著在暗中後退的鋼筋
現實的新與舊有什麼區別？無非是經過自我放逐，擁有過這瞬間
　　的璀璨
使我看清了下面，有沼澤，有反真實，也有著繩索的祕密
少許的夢與爭辯，敞開空缺的大道
我不去回憶它從何時開始，如果可能，我想遠離放映廳
這並不意味著遲複的致歉，怠慢身體的轉向
慈悲的肺腑，包裹不下一個生活無力症患者
我都無所謂了，更不在乎天氣的變化，對現實的新比喻不驚訝
無休止的懷疑卻是不能言說的，但一個走神的下午
是有期限的，荷爾蒙最無辜的失效，猶如命運
的部分凝固。從那時開始，我的正視並非無禮
理解了美學的用途，不一樣的場景
也決定了不一樣的危險和恩賜，因此我取消了赤裸裸的榮耀
其餘皆是：在脊骨上用晦澀的詩不必抒情
沉默中的噪音不必擾亂內心

反詩

只有在長夜中寫作，才能熬過長夜。這次又是雷陣雨
一會便散發出戾氣的味道，你所看到的失蹤者
在逆旅中一晃全無。想像一下在街道，你不能作出反應
最多束手無策，難道不是你的噩夢？所謂意味深長
並不比在原地停留更長。風和月隱身在暗夜裡
不意味著就是風月，低度的交談未必合法
祭日殘缺不全，猶如招牌底下破舊的衣帽，被熱浪烘烤
有時，各有各的活法是實屬無奈，如果明白了這其中的差異
還要給你虛構點正確性？這麼說並不是我反對什麼
更不是在一首詩如實反映，充分考慮到一體化
可問題是，現實與理想中的詩歌完全截然相反，光暈映及
不到河面，即使再好的修辭術也難以癒合，過渡到一個癥結
懷疑主義分散了人群，必然滯留，我這樣想，撕開臉譜
可以看到懦弱的一面。很遠的是另一處天空，也可能
是廣場，放浪形骸敗壞了極少數的祈禱，我想這已經
不重要了。我知道在寫作著迷於戲劇化，並塞入
地下書籍，或許，那些與己無關的事物
被依附在命運，使我不得脫身……的確，正如你所見
一切亦有錯覺漫長的徵兆，如果說重複過去
那比無用更要謹慎。我的意思是，這首詩並非題在牆壁上的

反動詩，對於正面的現實我不過是
把詩反過來寫，即可足以應付吹噓和消極語法

焚詩

誰也無法控制，從喉處的吶喊開始，我把汽油寫入詩中
這完全有違常識，毫無必要的解釋，一地雞毛的聖明
如此爾爾，使我難消一首詩的悶熱。而此刻
忍受著脫離，就像忍受落體的火團
濃煙加大了苦味兒，這情景的反光汙染了天空
在祖國已司空見慣，可以說虛構中的事實，都有背後
諱莫如深的牽扯。在案板中埋頭，不可文字
不可竊語。四面是浮雲……黃昏看似早晨，避開
古怪的幽暗，甚至，烏鴉抱著靜物遠去，策劃的陰謀
早已被識破，誰會在乎庸俗的樹林，我看到的只是
一堆灰燼，確實是「仇恨多麼短暫」，然後他們
在世俗與動盪的纏繞中相互走散，如此我恰好目睹了
有汙點的另一面，也印證著醫學的隱喻：一首詩
無可救藥。我真的不懂，汽油的味道還在回蕩
幾乎近似於屋頂上的煎熬，做出消極的反應
每一個環節說明日常的無辜，無論用哪種方式
不能遮滅波浪的流逝，從遠處看過去，也不能改變
內心所帶來的不適。實際上，一首詩不過是
把新聞順理成章，並以冷眼旁觀掠過混亂不堪的遲暮

江山詩

豈止馬匹奔跑，哪個不想馳騁，到河邊飲月光。
昨天的綠皮火車有些沉悶，掃平山水，不知所往。浮雲變幻多端
遠遠大於妄想，這比喻太扯淡，或是你羞於將
所有的懷想展開。那裡有石頭覆滿青苔
與植物渾為一體，甚至比這麼多年還更久，深入到滿地腐葉。
從旅行手冊上顯示有些人路過，命運多麼相同
至少在此刻，被賦予憂鬱的密密的雲杉林
滿耳盡是伐木聲，阻擋你的眺望
「夏蟲跳不過坎坷。」天空很灰，在你的描述中
它仍是深不可測的藍，有時你隱隱聽見鳥叫。
說江山，就是說廢棄的江山一直被遺忘，彌漫著死人的歎喟
以至於無限放大，對應著你內心的樂器
中年的搖籃，插滿深紫和金黃，蕩漾著身上的舊祖國。
「被肢解的依然是夢境。」穿越時分與邊界
區別於屈辱的喘氣，沿著縫隙你看到除了漆黑一片
就感受不到一點完整。「對已有想法無從把握。」這無疑是
對你過去的否定。當然，從渺小感出發
驚雷滾動山脈，連綿不絕，在這裡，任靈魂出竅
咬噬樹尖的剩果，簡直是奢侈，也使所有的缺席
彷佛近乎飽滿。隨後是長時間的沉寂
不說今非昔比，只說江山美人，容留了陌生人無眠的夜宿。

地下詩

就這樣，恢復詩歌的黑暗。邏輯訓練著事物
的反動，不能想像更多，野馬群集中不了精神
雨中的旅途帶來我的過去，釋放出各種悲觀
這必然無法回頭，只會讓前途未蔔的下午變得模糊
像是隔了一層，感覺不到生活的光滑
不消說：心臟還插著電線，空泛的嗓門跌入琴譜
譬如，在一幢樓的地下室寫詩，人不起身，終日不見陽光
再譬如，腐敗的天堂不缺少蒼蠅，越來越嗡嗡叫
日常的陰影縮回到科幻片，多麼荒謬
剩下的，是壞掉的路燈在巷子裡尖叫，空洞猶如循環
而更深刻的是「對孩子憂慮，要經得起未來」，需要祕密
的教育，需要澆洗，討論起命運的沉默
偶爾哀悼自殺的人，找到響動的限度
即使如此，門鎖鏽跡斑斑，但我從來不會以此聳聽
這還不算繳械，實際上我將會持續，進入
一場短暫的歡愉。在地下，一首詩帶著
個人體溫在內部流傳，謀殺一些人的捕風捉影
彼此忠實於糾纏，不辯甚於噩夢，效果反倒
更直接。我吐著煙圈，「這回，我說的是無辜
而非慰藉」。慢慢習慣不可碰觸的孤獨
經過多少次遷徙，並不妨礙地下室氣象萬千

偽自由詩

今日宮廷屬於暴力美學，原有的葬禮被改變；然後是下雪，唱讚
美詩
沉緬於啟示錄，早班飛機掠過上空；我和死者肩並肩行走，互不
相識

輯三

秋風絕然於平靜的日子

2013-2014

體內的向度

封面人物暗示著禁欲，各種替身各種紋身
你不能制止嗜好，譬如這一次，我是說
在之前朗誦詩歌，順從體內的向度，是如何達到圓融
你知道有多遠？或者說有多難？這其中包含了教養
和規範。哦，烏托邦的源頭，對於你這顯然還不夠
暗語與祕史的對比，譬如無端犯了個錯誤
讓你找不著差距，無可抵抗，證實自己
是不同於貓的身體，沒辦法拜師學藝，更別說
裝飾了。我的意思是，通過劇本可以公開篡改
直到面目全非，完全找不到一點線索
所以你可能是劇中的主角，可能是觀眾
我保留懸念為的是隱藏自己。遠處的陌生感
融進傍晚，譬如偶然的節外生枝，就像你這樣
花樹在身邊，開得嘩啦作響，遣懷一下戶外
的專制主義，多好啊，可以從中發現神祕的
末路，哪怕是屏住一秒，足夠你更加
豁免；譬如音色緩慢脫離封面人物，只剩下
背景，那麼我鍾情你的不惑之年，不必停留
原來的時間，你想，體內的向度本身
是可疑的，四通八達未必能轉世，最多只能
在閣樓上發呆，關於左半邊的黑暗我無能為力

更阻止不了影像硬化，相似的情節
讓你聚攏手指，繁星潰散於長條椅旁的流水
再譬如雙重的生活徒有其表，清晰度顯得
過於曲折，更多是舊日背影遲暮
像過期的藥片，被我果決地一口吞下
閱盡世事，年華穿透你的身軀，形同燒焦
因而稀釋了故事的老套，體內領略山水教育
的邊界，即使呼吸有些遲鈍，在那裡
我可以轉掉話題，譬如我中途屢次上洗手間

寂靜詩

其實我一直沒有看到下雪，已持續多年
或者用回憶症術語來說，「強迫直至過敏」
對一些糟糕的事情所知甚少，表情無動於衷
唯有寂靜造就了戲劇擬聲，還混雜著
黃昏的塑膠袋，漂浮在頭頂，足以覆蓋
周圍的建築，看上去是不是有些故弄玄虛
對此我懷疑。在此意義上潛意識的眺望
我稱之為揮霍不完的虛無，以及虛無的
技藝，放在普遍的現象這多少不適應性
也難怪，很多人深藏不露，因而雪下得太少
必須沿著佚詩裡的道路，哪怕其結果是
接近於陳舊的謎團，我也一樣。桌上的靜物
不意味孤獨的徵兆，更多的時候，寂靜並非無聲
有時顯得嘈雜，但有時是冒煙的烏鴉
如同引申出飛行的動詞，與思緒纏繞一起
至少吻合身後巨大的背景，如果我有傷口
隨著滴答聲倒計時，漸漸擴大到形容，個人
過於漫無目的。實際上，曼德爾施塔姆
留下的遺產，是對抗我的回憶症：從雪到雪
從命運到另一個永不現身的命運⋯⋯

二月，手稿詩

「二月。墨水足夠用來痛哭！」帕斯捷爾納克
的話也許對，但放在今天不輕易說出，
尤其是頭頂霧霾，更需要反復體會，緘忍的匿名，
彷彿只有隔著牆，才能傳來二月空洞的回音，近在咫尺，
又相容了古代的結局。是的，可是你看，敵意來自
拉幫結夥的陣容，而手稿維護形單影隻的守藝，
就像乞丐小心翼翼而頑固地護著破罐子。
即使如此，手稿中的撕裂不意味著你的撕心，
二月，真的是不合適閱讀，只能靜默，小遺忘，與哀悼，
或者，是重新歸還的日子，檄文在銷毀中起伏，
把越來越多的書籍比作空中花園，
順從落雪微妙的變化，你就聽不到身體的響動，
提筆容易忘字，那晦暗的孤獨感充斥著病房，
是諷喻我的奢侈麼，都不是。按照思維慣性，
遠望與個人的趣味要相投，從而我的喘息聲得以繼續，
帕斯捷爾納克鄭重寫下：「風被呼聲翻遍，
越是偶然，就越真實。」這一句在你四周那麼悄無聲息，
我並不意外，必要時剔除一點情感，只剩下二月
雜亂無章的踏跡，證明我在手稿上用錯了修辭，
品德舉止含混。夜半醒來時刻，其實沒有別的，

無非是二月大於你的理想，又擠壓著大腹便便的倒敘，
對比著我的倒立而遊蕩的替身，像墨水的黑液態。

注：詩中引用的帕斯捷爾納克詩句，均係荀紅軍翻譯。

漂浮詩

死亡掩蓋了真相，連時間一點點也算不準
春日裡，一群豬漂浮在黃浦江
像堵車，在你們的每一天緩慢流過
在焦慮中成為龐大的隊伍

浩浩蕩蕩的強悍，還不被允許解釋
風吹拂著身上的鬃毛，保持社會屬性的泥漿
看吧，「我的死與你們的貪婪有關」
星星之火，可以燎原
——不，可以點燃霧霾

一萬隻豬先於世界，以死的分行冷眼
打量著花花綠綠，衰敗的胃口習慣小把戲
快樂被泡沫化，白日被禁聲化
屍體安放著你們的病症
在廉價的時代盛行

我看見所有的漂浮，脊背由上帝隨意擺弄
用皮囊裝下膨脹的傲慢
像一個王朝，終有壽終正寢
寓言諱莫如深

「死豬萬歲！」我只能像黑社會分子那樣
寫下這噩夢般的詩

最後往往屈服於風暴，與友人詩

我一向對談論涉及到狂歡
保持警惕，因為很容易感染我，
讓我來不及思考，軀體會長出多餘的手腳，
我無法控制自己，或許，這與現實主義
沒有什麼關係。在更高的位置不等於有經驗，
像蝙蝠偏離了定位方式，它的確
不應該出現在這首詩，在我們談論中，
總是莫名其妙引來超聲波探測，
理解了這一點，不難準確找出天黑下來的臨界。
我更願意相信，在規定的時間猶如流亡，
荊棘無非陪襯。除了天氣，即使一片風平浪靜，
我仍然閃爍其辭，提到的軀體表明傷口
不過是一個幌子，帶有可疑的招供，
單眼皮一眨眼能把黑看成白，
弄錯景象不是出於偶然，從性質上看，
完全處於一派風聲鶴唳。相似的沙畫結構，
實際對我而言沒有多少把握，成不了氣候。
站在圍牆下只能避免觸及對話中隱蔽的導火線，
直到圍牆遮蔽了事實，天昏地暗得伸手
不見五指，而我知道五指具有
自我欺騙的效果，引用僧侶的避世讓人不堪，

我承認談話給技藝夾帶了弦外之音的憤怒，
還得怎麼考慮應付蝙蝠的試探反射，
很可能，拯救並非必須，不朽純屬腐朽，
最後往往屈服於渾身顫抖的一場風暴，
使這首詩難以阻止崩潰。

短篇詩

早晨的慢時光被虛掉。
你不懂得病狀與曲折的關係，一定是
唱針讀取了剩餘的記憶，公眾身份退避到暗處，
留聲機好比與現實的對應，讓你慢下來，
慢到你意識不到另一些人的快速，
音節成就後面的天空，隔著擴建的未來。
凡淩駕於辭典之上，覺悟是難免的事，
命運中的黑膠片，也不是隨便
能撥弄的，運用天賦原理，正適於四壁旋轉，
就像經典從未遠去。假若你
栽下植物，早晨就會醞釀緩慢的孤獨，
那是發黑的部分，不須你留意，關於身體的綠林史，
與許還會碰到許多異性。
領先一步還可綽綽有餘，事實上越是深入，
繳械就越難度大，而後退是必要的例外。
世事沒有任何破綻，從病狀到曲折，
慢時光隱藏無數次復活的可能，
所有的飛行，這確乎是
赤裸感的現場，
並且對你隻字不提。

匿名詩

說起來，有些事尚未隱喻完，在三點鐘
就變得一文不值。記性像漏了底，最多只能見到底，
這讓我顯得啞口無言，
壞天氣放低身段，帶來高峰時段的暴雨，
建築物熱衷於塗脂抹粉，看上去還不夠形容三點鐘的空空蕩蕩。
需要一塊黑布蒙住我的臉，以避開
很多的熟人。睡眠難以塞滿整個房間，反過來，
如果匿名的暫住證能輕鬆
應付檢查，那麼三點鐘在一首詩
還會連續下去，不至於失語。
這樣做，肯定不是為了甩掉祖國的禽流感。
很多時候，站起來不意味著練習憋氣，
可能是伸肢擴胸有點傻，也可能音量太大，
更可能是我經常樂於被蒙蔽，
並遺棄多疑的尾巴。有時我感到自己
在炫耀迷戀症，以此類推，或許把工業化的凹凸感
比作歷史喻體，記性再隨便些，
可以在這麼長的時間讓自己舒服得多，
我根本不用想那些事，或者假裝不知道。
樓梯上的臺階數不過來，這也許出於
匿名性的需要，爬上還是爬下？不輕信俗不可耐的技能，

很顯然，這首詩過於漫長了，
還是變得一文不值。

晚安，親愛的地下青春詩

此刻風伴隨著變異的口音追逐
類似冷颼颼的微光
我指的是燈全都黑了，她的近代史無法企及
孤立如我插不上話

我得感謝青春，加上在閣樓上做夢的屍體
在最後有效期的這一年
她還得蠕動著做夢
逼迫我困惑於天黑之後很多祕密

消逝的豈是喧囂的人形，地下黯淡的超現實
單獨與國家記憶隔開
我看見她遭遇的變體羽毛，仍然
算不上接受悲傷和緩解

在熟悉的醫院裡她不停地喘息
醫生教育她「這不是達到極限」，那臨時
冒充死亡的聲響
試圖對我交代清楚

這惡劣的典型構成古老論爭
帶著標語的集市生活，這麼多屍體
邁不開腳步，早孕的戀愛蒙蔽了夏日
似乎在想像中宣布：「赤裸如殘忍」。這還不夠
我正視一切，也許早該忘了
她冥想另一些陳述，很可能出於
陌生的旅程

晚安，一封我尚未發出的短箚，去死吧
晚安，親愛的地下青春，去死吧

假像詩
——致臧棣

試試看！爛泥扶不上牆——果真這樣嗎?
爛泥離神聖的牆壁太遠了，其實，車廂裡的客觀性，
不超過短暫的消極態度，所以你看到我的
奇怪的另一面，比如，爛泥不一定用醉
來形容，牆只是過渡，可能對你還不穩定，
這關係到你的叢書，因為你清醒，
正如破碎是最出色的完整，或許不一定非得完整。
撇開詩學不說，現實的擬人，未免與宵夜的
聲譽不連貫，這也難怪，假設一首偽國家詩，
是最正確的誤讀，那麼形式上的煉金術士，
不過是假裝做夢，完全太不可靠了，
有點像偉大的迷信。問題不在這裡，
我得和你談談「激情的尺度」，試試看——
週末近似紀念的勇氣，但不等於語言會內藏
私人的解釋，意味著「喝酒喝得繁華，
讀詩讀得寂寞……」，謝謝，也許合適這樣的結局，
比起記憶更深刻的假像，實際上我關心的是
牆壁有沒有無垠的存在？無非是
隔著時間推倒。我相信你理解了汗流浹背
的肉身，似乎表明醉如爛泥
不需要牆，還要忍受下一輪激情的嘔吐。

憤然詩

長夜讓人變舊，再沒有人知道無恥需要反復提及，
忍住肉身的膨脹，聽憑祈禱詞
圍繞潛伏中的暗礁，亦不能證明生存或潰散。

「夏逝，秋風絕然於平靜的日子……」。
這不意味著晚夏從我們臉上一閃而過，
乏味的陰影不為陷阱，
不為迷戀，也無損辯證的糾纏。
半醒著的新鬼，忍看芸芸眾生輾轉反側
如何對未知充滿恐懼。

盛大的紀念日是不值一提。
草木通曉生死，僅次於靜止的呼吸。
表面上看，在黑暗還可以揣測高貴的謊言，
但經不起夢醒，如同慢慢行走的銬鏈，
帶著禁忌，磨練我們滿是裂口的沉默。

形似幻覺，但這次不是幻覺。
形似安息，但不可能是安息。
秋風夾雨符合蕭蕭的傳統，我該拋棄慣性一樣

的溫度，同時也不奢想另外的方向，
即使是刺目反光的禮物。

長夜的腐朽史，難免令人厭憎，
當愚蠢再次被輪迴，一首詩的修辭定義了無數次
豎著的手指，並承受切膚之痛：「夏逝……」。

警察與
新讚美詩

在第一時間總有案發現場。你容易一眼看穿
蝴蝶圖案不過是喻體遺址，其實，每一次更深地挖掘，
引發另一種可能：內心的現實，遠比遊戲
接近危險性，或者，接近廣場的霧霾。
在這樣的情況下，詩，好似起到
潤滑油的作用，讓你斟酌是否
需要脫下白手套，以加深和世界的關係。
偶爾的追蹤耗盡了新雨的氣力，
並擴充到一首詩豐富的內蘊，暴力美學會有
它必要的用途，為你區別出
廣告牛皮癬和缺少節制的水果攤，就好像
我們消遣偶像劇，是經歷了
不剪輯的生活。可以確信的是，
你辨認出的語言小地圖，進一步被孤獨放大，
但不涉及被吐掉的口香糖，要是你
聽到拋上的硬幣打破底層寂靜，
這就解釋了黎明何以成為自己宣洩的方式。
啊，裸奔的讚美，好比放蕩不羈，更為
新的讚美，要深刻到一百倍，
直到被認定的結果具有說服力，有助於
你找尋感同身受的鐵籠子，一打招呼不會露餡。

至於警察——你知道，作為虛詞並不影響
一首詩在第一時間不在場的證明，
包括不會騷擾你親愛的閱讀。

致敬詩

「時間剛剛好，我嗅到噩夢竄出的味道，
那些不能截留的四只腳的快速，幾乎和你的想像保持一致，
在它身上，指針垂著廢棄的舌頭」。這沒有
什麼奇怪，不說冬日的旅程，見證前半生
向上的致敬；不說有限的流傳，過耳的風依然
密不透風。單憑閃著銀光粼粼的早晨，
是不可塗改的，看上去，天上有我們的海洋。
　　　　　　　　　　　　　　　　舊大衣在床上
遊蕩，唯獨身體不在這裡，像嚮導在別處，
兩種生活，你無心於祕密的演戲。

「就像毛茸茸的光線！催眠術陷入
無邊的漫遊……」。慢讚美不意味著崇高的致敬，
需要及時的嚼頭，「時間剛剛好……，
值得回想一觸即發的衝動，不僅僅對小蟲子
的忍受，更何況早晨顯得太遠，遠到述說整個身子分神」。
　　　　　　　　　　　　　　　　　這就對了，也
沒有什麼奇怪，譏諷不同於一切新鮮感，
噩夢不同於自我的迷失。這就從哪裡
算起，你嘗試革命的彎曲，但無力於被加冕的
巨大旋轉，回到小劇院，我並不因此而酣睡。

「必須的……致敬。還能磨蹭什麼？
我們今天只知道介紹人的講解，像詩那樣的漂移，
時間正剛剛好」。不必提防一根繩索的警示，
對日常看待成被降低的風景，即使混入了不必要的
名稱，你的確迷上了與記憶兜圈子，
彷佛一馬當先的效果，貂皮跟著貂皮，
聾啞跟著聾啞，因雜草叢生而淩亂一團，
　　　　　　　　　　　　　　　　　　　趁著黑，面具替我們
還就意外的呼喊。流水不斷地掀起同類，正如你
在預料中掌握天機，又在預料中洩露天機。

舊歲詩

無數新生的水果，代替你發出嗡嗡聲，
（這其中的此起彼伏無可掩飾）
它的戲劇，並不太合適於多枝。趁著我們還在舊歲，
不妨交由臘月選擇，或在二十八日
再正常不過，看上去很光滑，
當然，拋開這些不談，影子的空殼是個例外。
其實沒那麼奢侈，不是我不想獲得平衡，
因為我無須像（面對腐朽的一面）那樣，
可以巧妙地轉換視角，或許還有更好的光亮，
積滿了普遍的灰調子。但是詩，
絕不會混跡於水果的烏托邦。
你想想，我們的舊歲並沒有充分的理由，
怎麼可能預言必要的邀請？假如你
不想挽留，至少會經歷召喚和漫遊之間的
曖昧關係，（還不能一分為二）
即使外表的生活有些異樣，按照虛構的邏輯，
榨取點輝煌的確不難，對我而言，
似乎來得不晚。此刻腳手架示範出具體
空間，（包含了水果的地理概念）
你會明白，舊歲僅次於我們的汙染，
確認了臘月柔軟的祕密，（比蔚藍

還偏激），就好像能飛的獨角馬，
脫離了一首詩，足以讓我們靈魂出竅。

春曆詩

風埋藏了馬的漂流瓶，這一次
確實與牛不相及，通過線索總能經過你，
以刻字混雜了情色暗示……春曆的鞭炮聲
不絕於耳，比傳統還強烈，令睡眠
變得遲緩，那才叫一個烏煙瘴氣，
就像我們的洞悉多少不合時宜，
但是不能證明近在咫尺的反差，遠距離
不意味著對未來的好奇。據分析，鬃毛轉向
金黃的律動；假如你說：「未必浮力
不夠，紀念系列實際不構成信任。」
這就需要你細心從外力邏輯跳出來，
或者，回應戲劇的任何改編請求，
連同載體自身的濤聲，即可結束詩的單純
行為。我的意思是，風馬有可能低估了
與速度的互通性，所以被你一手剝離，
以至於生活的耐用品取代了我們的判斷。
其實這還不夠，你只記得自己對紛爭毫無
興趣，甚至無心一步之遙，這將突出
詩所帶來的效果：漂流瓶難以預測，
你從未想過免除債務，如同昨日的
啟示錄遮蓋了死者和假人。

破綻詩

上帝一直是我的破綻。
——臧棣

必要的捲曲。遠遠看上去像是海嘯叢林，
那些濫情的詩，在清理中明顯減少了許多，
一如今天的翻轉，可以忽略不計；

如果把情節安置在閱讀的破綻，
即使什麼也不會耽誤，我們的一次性實驗
實際宣告失效；

以至於你想從喜好獲得教育，
這未免太過奢侈。但鄰居時代的對話，
隨時創造出不同世界的比例；

宛如一首詩混入財富，會產生什麼樣的
化學反應，很難說它不會給你示範出
類似變性手術的臨床；

占卜並不存在。我們的白日夢不如
輪流吹口哨，我承認你比我還有一次
塗鴉機會，足以消磨時間；

必要的影子僅次於死者書，你完成了
激進者的角色，剩下的聲色自覺實驗成
多麼滑稽的叢林藝術史；

被廢止的必是最孤獨的色情，
你驚異於一首詩的開放性，裡面的破綻
暴露了我們超現實的死；

我的本意是，凡旁觀皆為不滿足於挖掘。
波浪時，你從未停止過從前的寬慰，
不波浪時，你從未在意過私人天氣預報。

新情詩

仿佛滑行在一首詩的鐵軌，
確實不費吹灰之力，她遭遇了過山車的眩暈，
這恰好符合驚人的韻律。

附近的下午時光，被詞語順便截獲，
這裡面充滿了樂器的波浪性，
也加深了我對新方向未知的恐懼。

似乎在其中，屬於她的弧度，
更適於小而闊的側影。
她不知道我準時醒來，並且對詩無從把握。

或者是這樣，情感比實際問題普遍，
植物死去的風暴維持詩的敘述，
她使我感受到限制，誤入空轉的懸念……

如果沒有小風景的慢速度，
那就談不上風是傾聽的一部分，
更別說天黑之前她辨認一首詩慣用的幻術。

我願意計較形式上少於光斑之外的暗示，
少於骨骼的一片陰影。
她不急於脫身而出，我希望每一天

越過偌大的沉默，在一首詩
不需要用該死的力量。順從另一個現實
或許重要，即使衰老用盡了她。

歡愛時不一定能如願以償，
我身上的荒涼和豐富如此矛盾，
她省略了我剛寫下的句子：死亡帶走我……

編年詩（10）

1974年的饑餓並不比我更輕。從歷史上看，
我和一樹的陽光似乎格格不入，鄰居們
無盡地圍觀，躺著的陰影引起了
他們的恐慌，好在無損枝葉的碧綠，
至少，像一個陷阱，從中承受我所在的深度，
也就是說，從底層開始，洶湧的饑餓長出了牙，
迫使我只能努力嘗試。更多時候不理解越來越高於
時間的慶典，不是嗎？就好像我趴在樹上
的憤怒，徹底涉及到他們的底線，
完全取決於紀念日丟給現實的饋贈。
所以，隨便和饑餓一比較，變形記消耗了
1974年。如果是記憶深刻的體會，
我更傾向於早餐，給他們一點顏色瞧瞧，
或者，最有效的辦法咀嚼葉子，緩解在裡面
的動盪。太敘事的細節意味著虛度，
也意味著童年的敵意，巧妙地連陰影
幾乎認不出我，和衰敗的大字報相比，
別處的風光實在是乏味，對於我起不到
一點作用，半真實的挖掘機，蠻橫地佔據
強大的胃，有時我懷疑擬人化的感覺，
但有時，我本能地汲取到專制身上的鐵。

重申一下，饑餓的介入性遠非指南，
它將是記憶中的配額，足夠我渡過那一年。
至於底線的代價，可能是這樣：它用不著挖掘，
畢竟，這不同於1974年永恆的辨認。

編年詩（11）

從哪兒說起呢？一九八九，真正的沉默
從我們的絕望開始，不用任何修辭，螢幕的空間
不夠用了，擠滿了黑壓壓的人群。□□□□
□□□□□□□□，像混亂的早晨和下午，
□□□□□，我目睹到播音員□□□□如何糾纏，
□□□□□□□□□□□□□有點憂鬱，
近在眼前的□□□□（一點微光？），彷佛是
一個救贖，也需要我履行手續，跌跌撞撞□□
□□，□□□□□□□□□□□□，喘著氣，
我看不明白，□□□□□□□□□□□□，
□□□□，一輛板車快速弛過，下面滴著
一點點血跡，看起來最像□□□，沒準就是□□□□，
□□□□□□□□□□□□□□□□□。
□□□□□□□，那一年我在家，門外的孩子
玩著坦克玩具，□□□給單獨的春天帶來
不明真相的地獄，□□□□□□□□，
接近於□□□□□□□□□□□□□□□□，
我第一次抽劣質煙，置□□□□□不顧，
窮途末路這沒法形容，對濃煙味極為敏感，□□□
□□□□□□□□□□□□，浪尖般的□□，
□□□□□□，或者更簡單，顛倒了類似的

野蠻狀態。見證的本意蒼白無力，□□□
□□□□□。對我來說，一九八九意味著就是
一首殘缺不全的詩，但我們只記住了一句：
□□□□□□□□□□，不寫詩是可恥的。

讀詩

趁天黑之前，要比蝴蝶的時間
多出一丁點斑斕，與一首詩掛鉤。
生活被釋義到電影情節裡，我不擔心
駛入假像的速度，必要時在內心
孤立自己，避免趨向於人群。
所以你看不到空氣中的小漩渦，
通過閱讀交換蝴蝶的詩藝，但不意味
你可以能翩躚，尤其是，它並
不取代你超凡的頭腦，就像詩的
偶然性，泛催眠的情懷。如果需要
分類，一類我依據判斷捕捉住，
才能得以脫身；另一類你應付不了
隱喻，甚至夾雜著獵豔史，就好像
風暴最搶鏡；這種比較其實
遺漏了爆發力。有時，一首詩
扯上古老的詭辯，聽起來確實
遮蔽了我們偉大的耳朵，被波浪
一次次擊倒。當然，孤獨也是
身體的一部分，我樂於用來讀詩。
事實上，熟悉了各種縫隙，總有一種
縫隙從漢語熟悉你，如同詩的倒影，

和詩的不倒影，不在於風景的可能性，
選擇是最起碼的原則。停頓時，
不妨飛起來，即使你穿梭一本書。
在天黑之前，蝴蝶成全了內部最高
祕密，你最好忍受對斑斕的過敏。

未焚詩

詩從未錯過天氣的變化。
夏日的行程被大雨多次打斷，彷彿
陷阱，不限於把你碧綠的淋濕；
同時被嚴密封堵在警報聲裡，
這不是你願意看到的。關於南方陰鬱的
建築和時差，完全無從把握，我只能
寫到反季節；凡是霧霾，在你身上
難免是土得掉渣，但不是命運的殘餘。
例如我可以說，詩離我們
比一日遊的啟蒙還遙遠，看上去，
澄清了你和新生活的距離；我說，
遠景的焚燒就像障眼法，影響了風的
走向，甚至波及我們的心情。
根據有限的覷覦，這些改變妨礙了
你的的潰敗，以及對波浪的濫用。
想想吧，焚中的詩從未變成輕灰，敏感的人
容易在火中看到詩的光，
併發出劈啪的聲響；所以，
別說你新增見識，就是沒有寫出來的詩，
焚燒之前只能算半成品。以至於現在，
你從大雨學到的東西，不足以

去奚落天氣本身，好比你忍受你，
遠遠超過忍受蒼蠅的冷場。
這不完全奇怪，行程出現於類似的
墮落，試探著我們身上的深淵。
關鍵是，霧霾尚未過去，詩就換了角度。
關鍵是，我被耽誤在你的時差裡。

編年詩（15）

事實未必如此　2010年存在一個缺口
像北京的冬天　怎麼看局限於五人之間
因為大醉中有不著邊際的話題　唯一扯上詩
壓根兒不如八卦假像　所以　雲煙和聽月
她們在一個大海的房間睡著了　只有我
還和魏克貞志一起　冒著熱氣喝紅星二鍋頭
在客廳裡迷迷糊糊至早晨　仿佛是波浪
令我搖晃　魏克趴在桌上了　貞志躺沙發
打呼嚕　這對我影響不大　甚至不曾注意
雲煙她們還在睡著　書房有醒目的海報
那裡　書櫃上的一支手槍　像是靜靜地敞開
更多的浪尖和窗外背景　處於靜音狀態
陽光慢慢落到我身上　幾乎是一激靈
孤獨的手槍　顯然使用起來方便　好像
新的生氣來自扳機　無論顏色有多黑
但彈夾空空　自然不可能提供子彈時間
我只有一次機會　那就是把槍口轉向
抵至我的腦袋上　食指欲做扣動狀
體會一下遐想死亡　這一演示也令我著迷
就好像這一刻我等得太久了　夾雜著洶湧
和無能為力　如果按照這樣的方式

我不會看出　未來其實是子彈的一部分
甚至於浪費未來　並不意味著　擊穿
世界的鏡子　是的　最終的結果　手槍
被放回到原處　身體鬆弛　有了夢與現實
區別的可能　接著　雲煙刷牙漱口
聽月起身穿衣　貞志和魏克各自醒來
沒錯　他們不知道早晨發生了什麼
這算不上祕密　簡直平靜得不曾有過缺口

編年詩（20）

在此之前，我從未寫過地震詩。
在此之後，我從未清理記憶的廢墟。

這裡面，掩埋著暗黑的煎熬，
和淩亂的道路，牽連到不遙遠的預言，
如同大雨中試圖擺脫地域性。
2008年5月，我在異鄉，那一日
感到大樓晃了一下，接著從一首詩的
裂縫擴散，一直到雲層裡的大坑，
寫作全面徹底中斷。不首先回到
個人的背景，怎麼會震懾於巨大的
威嚴！同樣，啟示錄的範圍很廣，
僅僅是一個猛烈的輪迴；倘若不能
完全拒絕，會有什麼樣的消息
好過一些？寫詩就是命運，
的確繞不開地震，彷彿相互纏繞，
我快要呼吸不過來；一旦動筆，
幾乎是一種絞肉般的折磨。至少，
在詩中選擇抽身而去，或者，
近於人生的絕望。而在我們身邊，
現實早不忍正視，等著被顛覆，

或是被詩的未來填平。2008年，
這不等於是我能完成轉變，就好像
不記得死亡來自記憶和詩的合謀。
所以，大地的裂縫充當了我們
無從把握的代價，這也許是
迫不得已的一種選擇。

請理解，我的寫作從不觸及地震詩。
請理解，我在那一年無法克服的戰慄。

唱詩

這裡是長夜經過我。迫使眼底
收養了荒蕪。以至於我用黑色蠟燭
愛上明晃晃的大雪。這裡是戴著墨鏡的遺忘。
我替禁言的我講述。血裡的匍匐
順著我。長夜驅逐虛假的自由。
我替軟弱的我拒絕。詛咒賦予強硬的困獸。
這裡是看不見的國家。肉身穿過樹木
愛上洶湧。這是我。看見
同類的雪。這裡是孤絕的遠方。
我們還未得救。路燈滲出廣場上的昏暗。
看見下滑的弧線。霧霾遮隔了祈禱。
這裡是被刪除的詩。夢中的筋骨
幫助我頎長。在縫隙中醒著。
甚至勝於瘋狂的砍伐。焚身般的醒著。
這裡是把握不了未來。與時間
不同步。忍耐殘留的白髮。
沉默呵沉默。我用沉默長出星辰。
長出暢通無阻的空曠。這是我。
龐大的我跟隨我。不可用於影子的
叩頭。這裡是靈魂流放的長夜。

變形詩

反倒是今夜經歷了一首詩的過程
如仲介，私下裡最先完成簽約

無風的平靜不意味著無限擴張
越過樹林背後，肉身終將安息
需要人脈蓄積遙遠的生活。或許更簡單
裸露之處泛起白沫，超出了常規
猶如雲的形狀，在緊密的關係中
從不顯形

如果可能，我願意接受我們的
面貌改觀，隨時觸及到柔軟的肌膚
時鐘推進著一次預謀，尚未
被變形術征服過。或者說，我們緊跟的
步子跟不上了，一首詩的變幻莫測
包含著被翻爛的手抄本，便讓人
聯想到今夜支起碩大的耳朵

甚至所有車廂不被鐵軌證實
彷彿詩的相互嚙合突然被卡殼了
我從未想過利用縫隙，比喻寫作的較量

譬如，我們所剩下的陰影
遠離了命運的快節奏

總有一些聲色，不盲目於今夜的
變形。像鳥群，掠過黑漆漆的樓宇

熱雨詩

就這樣，雨隨著晴朗的酷夏
傾盆而臨，傾斜得像蹄聲嘈雜；
就這樣，多少重疊的鳥影，再次
鬆弛下來。天空和從前一樣寬大，
長滿樹冠，因陌生而顯得熟悉，
或者，熱浪踮起腳尖，在深度中
找到支撐。我辨認出不說話的鄰居
縮在銀行大廈門前，這從來不是
孤單的問題。重點是，街景毫無
早年的棱角，我看見猛烈的大雨
誤導了集合的漩渦，多數時候歸於
沉寂。來點新鮮的說法吧，現實
幾乎炙手可熱，好像還不止一個，
閃電統治竄出的時間，也統治著
我煩躁的心情。這樣的情況下，
熱雨隱含著更多洶湧的鐵，才能
壓住群魔亂舞。我甚至看見
灑水車在雨中給花草澆水，置身
在葉尖的急促感，我意識到，
這也是最不靠譜的事，空氣中全是

自己的虛無。在白皚皚的正午，
而我始終沒有找著附近的探頭。

南方詩

廣場在流逝中。死掉的植物
重新回到我身邊，碧綠面目全非，
但仍然過濾掉口號的重量。

陽光打在我們的臉上，
好像人生的底線，需要講究
歷史的陰影，又好像迷失於新的氣氛。

南方接近金黃的自由，
在那麼長的時間，一旦顯露出認真，
催淚彈便穩穩接住了禮花。

以至於我抬頭看見秋天尚未
鬆綁內部的激進，反而更像廣場裡
時間的穿越，不能代替繩索。

僅就洶湧而言，我們無非
學會把完整的身世留給未來，
或者更信任的，其實是要學會

在綻放的禮花中提煉出
翻滾的大海。事實上，我們缺少的
只是技藝上的通達，並且可能，

我幾乎沒有機會接觸
別的祕密，這不涉及雨後的沉默。
有時胡椒隨意噴霧，就表明

美味被可疑地掉了包。或許，南方
是南方唯一的伏筆，令黑暗越來
越貼身，廣場的縫隙捲入

一首詩遊行的雜音。那時我
陷在沙發，貓咪幹掉了沙發的睡眠，
大海掠過了沙子的死角。

遁世詩

——為孫文波而作

比夜更深的是失眠，經過了
玻璃窗的光線，在你的一首詩
不動聲色地閃耀，帶有隱居的特色。
如果不跑調，雷電也會擁有不止一次
的邂逅，隨時遭遇你的寫作，
就像挖掘內心的秘密，但你不迷信，
即使是考驗你的耐力也不迷信。
所有低音的風景即將耗盡，
也是因為遁世的漫步，你迎接了
一場雨，從來不是傾聽的問題。
通過淘淘*濾出你的孤獨，正如它的
孤獨延展在海天一色的遼闊。
哦，免費的波浪，替代了舊日的
喧鬧，有時沉默不會給你判別出
價值，需要適應乏味的距離；
有時翻閱書籍保留少量的走神，
甚至暫停到雲朵的一道裂痕。
淘淘趴著一動不動，是你熟悉的
片刻安靜，圍攏在身邊，如同
生來俱有。或許，出於見證，
你居住在同一個靠山近海的地方，

每天寫相同的詩，但不意味著失眠
會借用你的雙翼在頭頂兜圈子，
光線最終淪為累贅的低音。如果可以，
你用一首詩瓦解了一塊石頭，
並且嵌入到比夜色更深的咳嗽。

注：淘淘，金毛犬的名字。

飲酒詩
——給太阿

地鐵的速度中，它追趕著我們，
從未耽誤同路的時間。一如前提是，
我們從未耽誤過飲酒的歡愉。

我們的醉好像是我們身邊
洶湧的波浪，確實尚未降低下來。
沒錯，波浪令隧道越來越長。

假設置身在它的懷舊，舌尖
通常會摸索著美味的政治。當我們
談論大海時其實是在談論孤獨。

即使如此，哦，酒是好東西——
它有唯一的立場：暗流中它把握了
我們永不降低的雄心。

或者，彷彿與秋天的代價無關，
它淩駕於我們的假像，從而進一步
拓展了器皿裡的世界。

而你隨時提前下車，在夜色成為
肉身的出站口。我不擔心在最清醒的
狀態下，尚能分辯出深淵的左右。

需要限制它的墜落，這就牽扯到
它的噴發。我猜，肯定不止遭遇過
紅樹林和木棉，寂靜得可怕。

昔日詩

仿佛在懸崖的浩瀚中才有
一次墮落，襯托出我們不妥協的
底線，它有一個好處是：不會
背叛你的記憶，可以不考慮
昔日的縫隙；說到第二個好處是：
你無法察覺細微的聲音，
就直接無視它，無視身在異處
的語法，甚至不需要氣候的有效性。
以往的日子總是熱情不減，
相比之下，身邊的貓睡成了
沙發上的一團寂靜，而我們則
多了預料的機會，但黎明和傍晚
並不提供尺度。或許，要描繪
縫隙中的風景，必須始於
在夢境之外的清醒，就好像你堅信
你的預料：靠岸的倒影，
會把我們的波浪推得更遠，進行
暴雨和小劇院上座率的類比。
當然，前提是你從未輸給
你的招數，在那裡，刀子不止一次
昔日的鋒利，熬夜的報告隨時修改為

鬼話連篇，這就意味著我們的
宇宙找回最簡單的解脫，每一天
就是反諷性的新相識，彼此
吐著泡泡。要是換作我，手裡有
足夠的租金，我會從你身上
租借照亮黑夜的墮落。

海鷗詩

（Kalmaegi）

這並非真正的鷗鳥。只是披著
颱風的外衣，穿過雲層，好動如遊蕩的
身姿，試圖擠進你的生活。它忠於
當世暴雨，一點不奇怪，我們的確
看不見迷人的羽毛，它比你
更容易環繞著真實，也只有在真實中，
才可能獲得人生的功課——
那些咒罵的永不過時，以至於你會想到
那些盛讚的同樣也不過時。
它不著迷於這樣的命名，但不得
不借用風力，感召我們的近鄰，
例如，海浪帶著震耳的新方向，
轉移你遙遠的凝視；而熱帶其實
和你保持著正兒八經的陷阱，
彷彿不這樣，在圈定之前你就
不能自拔。所以，真正的海鷗
會如此稀少，幾乎難得驚豔，乃至
驚豔到向下的純粹，並不取材於
自己的偏見。從天黑到

被壓彎了的樹冠，它不可能繞開你，
在你身上辨認出奔跑的欲望。
多數時候，我們活在整個世界，
它卻活在我們的世界裡，這涉及到
微妙的關聯，足以令盛大的前景，
被真正的海鷗出賣，就如同
它的飛翔，出賣了你的照耀。

洞背詩

……由此我想到，很多年後，
我今天仰望的天空，那厚厚的雲層，
也會有另一個人仰望……
——孫文波

雨水在粼粼的海面停了下來。
就好像波浪傾聽你的寧靜，
隨之而來的是另一個人的仰望，
很可能來自古代，也有可能來自未來，
但不是你的命運。事實上，從仰望中
掂量出時間，它的雲層，代表了
即將到來的暮色，覆蓋你的厭倦，
又被你的厭倦覆蓋，彷彿被大海誤解，
連同半熟的晚餐。習俗從虛構中
糾結於不虛構的見聞錄，最終指向了
洞背村，譬如懸崖的高度，無意
隱瞞大海的背後。所以，另一個人
一到深秋，便逃避了你的孤獨，
或者，你的孤獨及時逃避了浩蕩，
見不得嚴重霧霾。一般情況下，
荒路從未背叛過生命的漫遊，

哪怕日復一日的毫無目的，也先於
你洞悉的一切，包含著另一個人
遭遇的意味。但有時，僅僅路過
還遠遠不夠，迎接你的是仰望，
不同於現實中的古代和未來，
彷彿是最宇宙的深邃，它傾向於
你內心的雨水，也只有在模糊的
雨水中，你才會像波浪祕密
贏得了大海寧靜的信任。

龍塘詩

生者為過客
——李白

早晨首先會到來，談不上
新鮮的光，然後晚醒。霜降裡的
一個夏日，暫居的龍塘，時而像打上了
我的烙印，它允許我融入；
時而又像寂靜的別處，辨認出
我對生活的厭倦，其實它的辨認
兼顧了黑暗記憶。即便這樣，
也不意味著我會懂得風水。
如果你來過，就知道龍塘本身沒有
任何一個池塘，從來就不是它的問題，
這是沒法解釋的事。接下來，
有關繞幾圈的漫步，它的蔚藍，
又意味著什麼？或者，有關流逝，
它本身的空寂，碾磨著實體的風聲，
加深了我的失眠，然後是早晨首先會到來。
出於需要，在那偏僻的裡面，稍微
提高到我身後的一個試探，但從未
低於尺度：作為過客，隱含著

對厭倦的習慣，甚至習慣了地鐵從高架橋
孤零零駛過龍塘。但早晨首先會到來，
這一點毫無爭議。有時，它不因
時間的另一面而顯得陌生。
也有時，它不因陌生而對眾多面孔
顯得擁擠。除了少數樹木，我只憑晚醒
確認身置建築的方位，即使延誤了
早晨，也不妨礙最終會到來。

早晨詩

說起來好像不複雜。
我見過秋天在緩慢收斂，
但沒見過有這麼一個瞬間，裝進了
太多的事物，彷彿早晨的通道
因為捅了現實而變得順暢，
很容易判斷出它受雇於
曦光的聲音。哦，出於習慣，
我還眯起了眼睛，僅憑藉早晨
掩蓋衰老，幾乎太刺目了，
顯得景色比自殺的新聞還頑固。
其實白雲已經夠客氣了，
比時間更知道如何把自由
還給陰影。不僅如此，我和我的影子
之間有一種僻靜，遠遠超過
我的身體，蔓延在陽臺上，
未必不是孤獨的茂盛。
顯然，只有早晨啟發秋天的落葉，
至少看上去不像是墜樓。
鳥鳴比空氣還樂觀，輪到我說，
我其實比空氣更懂得死亡的祕密，
並保留著尺度，甚至向早晨

借過永恆的現場。在那裡，
剩下的跡象早已消失。這的確
是不複雜，就像世界的班底，
在早晨初見分曉。

輯四

我們的聲音癒合在世界的傷口裡

2015-2016

新婚傳奇

（恭賀友人橋）

在你到沒有到來之前，你其實
原諒了你的生活，幸福的暮色已經降臨。
而此刻，最快樂的，當然是五彩祥雲，
接近於冬天的完好無缺，看上去
像是屬於你的小地圖。新婚的現場，
僅次於天鵝的年華，每一次上升
都值得你萬分感謝，在等待中
避開了大火焚燒的抒情。假如你有所感覺，
火星最擅長漫長的傳奇，很顯然，
沒有什麼比你更幸運的是，未來
需要在生活的庇護之下，像陰影
取決於僥倖逃脫的陰影。假如
你永不到來，身後的背景
會不會結冰？假如你不繞開歷史的側面，
你會不會瞭解到另一個真相……
趁著沒有深陷到什麼樣的動機，
你不妨從天堂找出它的邊緣，即使
你還不知情，但是對所有的人
而言，莫過於祝福的過程，金屬般地

堅不可摧。甜蜜越是傾向於緩慢，
就越是依賴於最有效的傳說。
在屬於天鵝的領域，祝福你的
尋常不同的翅膀，也祝福你學會了
偉大的信任，在天空逾越了雷池半步。

南方傳奇

南方的樹林
微風多打磨
最美的陰影
分享一個人
完整如赤裸

天堂兜著圈
糾正了誤會
深山有多遠
取決於醒來
哪怕是瞬間

我回敬生活
猶如要低點
黃金的命運
屈從十二月
絢爛於遠離

南方的天籟
牽動著技藝
放光的鉤子

長時間沉默
我確認了你

桃花潭傳奇

走出山水之物。桃花潭隱藏著
比唐朝記憶還超凡的境界，流動的燕子
絕不旁觀李白的閃電和汪倫，
在視線上比濕漉漉的花瓣還緊挨
我們的故鄉。原本，詩不限於特指，
但始終不見我們對詩的反應，
而且容易弄混了地名與實物，即使桃花和潭水
常常相互彌補，也不及千尺中的
深度。就像雨顛覆雨的藝術，
花瓣並無明顯紛落。連燕子都知道，
隔世的清晨可以平等於交流，
流傳是否脫俗，還得取決於比殿堂
更孤獨的相逢與告別。絕對的詩
即絕對的即興，以此類推，
汪倫是李白的半個插曲，彷佛一個風景，
你每天經過它時儘量別去領略，
偶爾，很多　徑美妙如末路，稀釋掉我們的
白日夢，幾乎沒法在中間回環。
而桃花潭的天氣則像半個汪倫，
這近乎一個遊戲，也使我很好理解了
風景的矛盾，其他的比較，

難免不現實。借樹枝置身於一角，
沿本土的風俗，很有可能，我在詩之外
陷入一個更寂寥也更流離的漩渦。

旅程傳奇

七月，雨開闢雨的空間。
夢比細碎的生活更像奔跑的我
而得以遼闊。黑烏鴉自我隱匿，
仍可用於一個不為我所知的祕密，
它幾乎通過饒舌的告密，穿越半個天空，
有銀飾，還有生活的齟齬。
但稍一加讚美，過去即不朽。
這樣的情況下，詩，在漢語擁有了
鐵制的肺，呼吸於我們的記憶深處，
不僅沒有輸給詩學的道德課，
還格外醒目於失去河流的沉默。
有時，沿著陌生的寂靜，
道路看上去把樹挪得更遠，但比起你，
彷彿變得很近，這其中糅合了
叢林法則，試探著鐵軌的耐心。
在此之前，風偏向於個人的敏感，
具有滲透力。要麼就是，必要的場面
反而比我們更疏於表面的厭倦。
我猜，現實本身其實並不乏竅門，
以至於你不屑於辨認的保險。
一點不奇怪，甚至我們身上的風景，

也潤色過極端的影子。我更猜，
從未有人私下對你說，詩，隨時會
改變我們對世界的態度。

水寨傳奇

綿延起伏的山脈，直接啟發了你，
連帶細雨，毫無徵兆地隱喻著裡爾克，
從陳舊中醒來，但不必歸於遙遠。
彷彿不這樣，容易混淆烏木高貴的氣質和黃金，
就會陷入到不腐的妖嬈。怎麼看，
石蛋不像是從岩石層蹦出來的，你得費點神，
這裡，崖壁天然鑲嵌著宇宙祭品，
巧妙地適應巨大的壓力。樹木
更加醒目，有助於你深入夏日的角色，學會
緊挨裡爾克，即使風流草真假難辨，
也會在縫隙中感應你而舞動，替你
保持著眷顧。假如沒有透明度，
雨中登山不會遜於心靈的力量，安靜得
好像你鬆開了纜繩，從而得以
一種揭示似的。所以，彌漫的旅途
不同於人生的糾纏，更何況水寨無水寨，
裡爾克無裡爾克，任何時候，
空氣將風景還原你身上的迷霧，更大的迷霧
還原你的夢和現實。沒錯，也許
還會有另一個意思：紀念碑什麼時候
比時間與真相這偉大的默契更可靠過？

山居傳奇

（贈夢亦非）

這山中的雨霧，不斷地蒸發
又不斷地聚焦。七月末的一盆烤火
令冬天的錯覺再現於我們的
眼前，然後像是減弱了
你的心願，脫胎於黔南的一個懸念，
怎麼說也是有底的。碧綠的水稻
經過輪迴起伏在清澈中，蟲鳴
混跡於灌木叢，猶如來自宇宙的
奧祕，既不大於耳朵的空曠，
也不小於死亡的短暫，以至於它
融入我們身上的安靜。對此你似乎
毫不在意，憑著以樹為鄰的
領域，像不盲目的愛，更貼近
不盲目的生活，表明你不再
對世界做出妥協的選擇。生動的
雨滴，比從前開始得太早，
即使我願意說，你的示範很有效，
足以讓大霧向你傾斜，這本身
就是無垠。甚至，還能幫助

我們確定剩下的私人時間。
表面上，你談論我們在城市的時候，
聽上去就像談論我們在山居
從不使用替身的樣子。

草堂裡的貓傳奇

你很幸運，確定了這麼一個客棧，它不是草堂，更從未有過貓。僅僅作為名稱從你過渡到我，從一個人過渡到另一個人，憑著這過渡的美，閒置了一個咖啡色的下午，仿佛帶著不固定的秩序，成為我們深處的小插曲。但你不能確定，涉及滲透的藝術必然不能不提到像貓的個性獨居，還替你伸出爪子，幾乎具有誘惑力，它把嗜睡的天賦借給了你，這意味著時間是用來浪費的，以至於你面對比閃爍稍顯真實。即使有可能在別處，草堂的空間大小，好像丈量過貓的慵懶，也順帶丈量了牆壁上快速向上爬的蟑螂，有待於我們蠢蠢欲動。甚至，它會湧向自我挖掘的一個好機會。很顯然，貓是草堂裡假像的一部分，我們是我們假像的一部分。有時，你有意無意忽略過宇宙，讓一只

貓的下午深不可測，足以深奧於
我們的共同點：新的語速增添了
重力，恰似時間的斜坡，這必然
不可避免影響你的柔和。不妨說，
我們在另外的草堂從未錯過另外
的貓，更不會讓你四處徒勞尋找。

白鹿原傳奇

時間潦草很突然。但草不潦草，
彷彿一天還不夠擴展到東郊的原野，
以及雲朵層面。眼前的真切
脫胎於暴雨，然後挺伸到秦嶺，
像是人生有了底線，隨時能貼近
一閃而逝的暗示，在秋日遭遇到一個
新的主題：白鹿耗盡了
它身上的雲朵，以至於我未來得及
辨識。抱歉，我沒辦法
在陌生的環境中做出選擇，
稍一施加動力，它近乎完美無縫；
但是很抱歉，我可不認為是
妥妥的傳說。涉及落日的尺寸，
我沒法確定標語對遠處的回敬
究竟什麼意思，這不僅僅是搖曳。
保守一點說，時間的潦草
不等於我的潦草，猶如風景夾雜著
太多的假像，需要我一步一步
減少，即使反差有這麼大，
也並不見得比八月的插曲更出色。
有時，表面上的啟示勝過領地，

未必不能勝過更深的儀式；
更有時，當我把腦子清空下來，
就捕捉到白鹿深奧於古老的瞬間，
清晰得好像我融入它身上的雲朵。

我和你傳奇

記憶行至終點，回到自身的喬裝，
好比夏天過去之前，看不出它的綿延不絕。

人和現實難以忍受彼此折磨，
必定會在我和你中間區別出疾病的面積，
不像在別處，莫過於泛指的一首詩
將饒舌的喧嘩減少到日常背後。

最安靜的，不一定是附近的果子，
此刻有經驗的，不一定能捕捉獨角鯨的靈魂。
相當於我們的深海，可能比不上
我和你互相試探孤獨。所以任何時候，
舌尖比乾柴上的火還曖昧，看上去
一半明亮得微妙，以及另一半
沉入夢境，如同鴻溝的縮影。

生活在生活之外，但不及我用廣場的死者
打量沒有窗戶的房間，你還要提防
風吹草動，灰燼自有辦法
瞞過物證。不說歡愉，不說原因，
祕密彷彿有很多，顯示出我們留給時間

為數不多的緊迫感，以火車的速度
洞穿隧道內黑黝黝的國家。

我們每個環節配合得連刀片插不進，
僅次於我們的骨骼完美於看不見的世界。

小洲村
夜色傳奇

（給浪子）

九月令你裸身，你還真做到了。
彷彿小洲村顯得火爆，藝術家的基地，
每一天出租樹上的翅膀，搖曳著
南方的禁果，比從前更想做
你在夜宵中不服氣的樣子。

問題是你的全裸並無多少人看到，
但我太容易熟悉。即使你說：
死亡像毛茸茸的嫩黃，最想綠遍
唯一的美食，以至於貼近
生活的夜色，像是接觸不一樣的地氣。

簽名趕在落日之前，憑著盲目的
選擇，將新婚與黑暗拆開，
不顯於現實的講究一番，大風中的寂靜，
它使你沒有足夠的交流，但涉及
到失敗的替身，質疑似乎更多。

小洲村甚至比起你更像一個
私人領地，事實上，你浪費了更多的
機會，所以我無法確定新節目單
夾雜著一箱啤酒，如何體面地應付
波浪的深淵，就像隱喻了速朽。

此時夜色必然有神祕的砝碼，
街道並不帶來啟示，面對嚎叫遠勝於
花園的儀式，毫無徵兆地
收入宇宙的紀念品。你有意無意忽略過
真相，絕不僅僅是心靈的一塵不染。

秋日的
白石龍傳奇

僅存的自然村，輸給了高速時間。
荔林絕境，最終輸給了最後一個死角。

這確實是一個問題，我並未意識到
雜貨店和早攤給建築史注入了
市井的陳舊味道，如果可能，
我倒也願意一個地名配上好名聲。

它潛伏的時候，每個人離它都很遠。

秋日的古槐，反襯著更大的古榕，
隨波濤提前擺脫神祕的友誼，
但交換落葉為時尚早。我假定我沒有
浪費觸摸牆上細微的凹痕的機會，
就可以糾正我犯過的錯誤。

它並非徒有其表。白石龍的正午
幾乎不妨礙我用最好的眼光打量。

返往很多次，也不作新舊的對比。
即使音訊全無，我們不必忙於聲稱
這兒消失的地方從不使用漏洞。

這似乎很明顯，遙遠的距離
刷新了茂盛的波濤。另一方面，一大批
寂靜不如我們身上的痕跡來得深刻，
彷佛只剩下這首詩最珍貴的真相。

伊古比古傳奇

（給愛貓）

它的死亡多麼柔和。沒有人
能解答我在絕少的真實中還能
擁有不可知的深淵，或許懷念遠遠
不夠用。而我們生活本身應該有
它的呼吸，更多的怪僻至少增加
粘人的典型，所以它不可能
不到場。當我確認時，不過是
把它的圓融當成多於我們的天賦；
同樣，它把我們的習慣
當作了對它的一種全面滲透，
憑著語言的跳躍，出發點即中心，
妥妥的，甚至不必負責守時。
從這裡，伊古比古這個名字
被我繼承過來，幾乎就是它的命運，
連同前世手術留下的痕跡，
並不盲目於任何縮影。其實不妨說，
它的暗示多麼天生，鎮靜作用
對我們恰到好處。即便關係微妙，
也能應付擁擠毫無壓力，不顯於

為詩的空隙做好精通的準備。
只有經歷過一次死亡，才能不會
辜負鮮花。有時，也許死亡不是
它的索引，但可能也會扮演
它的化身，不這麼看，它怎麼會
感受到我的墮落，至於情操，
硬是杠杠的。更有時，我沿著它的
時間返回我們的遊戲，遠不如它在
我們的時間找到位置，同時
繞開了冬天。多數情況下，早晨
不意味著現在，它靜靜葬於
一首詩裡，以此為骨灰盒，
並賦予它另一世界的夢和傳奇。

洞背村
回音傳奇

（贈黃燦然）

沿途在幽靜的村中，舊牆壁負責
一個散漫，不僅僅裸露著巴蕉葉的催眠，
而且還融解於回音的全體。

好像不止雨的陰影，半空中
坐直了身子，在你的想像之外來得
這麼急速，既赤裸又變幻莫測。

我明顯感受到經典的寓言，
如波浪的腳步守住每一個角落。
但驕傲從不會讓你漏網。

必然多於聳立的真相，就必然
多於有限度的隱瞞。但這還不算糟糕，
你主要的問題是考慮好時間的粗線。

此地有如遠方，甚至壁虎和螞蟻
湊成十有八九遙相呼應的風景，
回聲歸結到這一點：暮色被落葉葬送。

暗房被反復打量和懷疑，關係到
夢境的一個深淵，其實你更像客串
生活的本色，對稱於攝影效果。

即使和波浪相比，也意味著工作
不會影響微妙的平衡。需要醞釀的耐心，
肯定不只是留下了烏雲的漩渦。

從石龍到
雨景傳奇

（贈鄉黨程祖晗）

隔壁傾向於一場雨景。或者說，
用小旅行解決我們身上的遠方。
你會發現新的問題，此地容下了
盛大無比的秋天，在新方向從一開始
確立了我們和人陌生化的距離。

至於波浪中的波浪，它首先最強烈，
其次突如其來，一直到偏僻為止。
隔壁之於鄉黨，會把你帶得更遠，
沒有什麼不可入景，彷彿我從未想過，
你是你的天氣，並未輸給精確的

預報。即使時間被縮短，你
不介意從前的倒影。比如，早晨
與颱風的關係，涉及到微妙的分寸感，
以及我們的諸多理想。也就是說，
夢和現實，在雨中過於清晰可辯。

看似很有規則，實際上是完全
無視所有的理由。從隱祕的方言
到隔壁十月的靜寂，反而比我們當中
偏向於個人的可能。你也許會
贊同雨的說服力，不同的角度存在

不同的借鑑。與其說你有意
無意忽略風景，倒不如說你為自己開拓
疏遠的長跑，足以讓秋天的年齡
傾斜。不針對雨中的小旅行，
很明顯，我們應該比此地更信任波浪。

夜秋的
陌生傳奇

（與石玉坤、楊森君漫步雨山湖）

夜秋的雨山湖，平靜得融入我們
悄無聲息的漫步，似乎比黑暗中的蕩漾

重新歸於水鏡。之前我稱之為陌生，
這不僅僅是焦慮的記憶，就像詩中插入

嶄新的大橋，包括了時間緊鎖的
街景，我不再疑心命運的邊界。即使

和另一旅途相比，也結合於家鄉
極端的遠方。夜秋對我們來說是展示

出來的短暫相遇，但對相遇來說
始終是例外，彷彿雨山和湖在我們

之間縫隙互相滲透，催促我
在環境裡養成新認識的習慣。

一旦涉足進去，很好，然後再
跳出它，就好像一次漫長的遠離，

差不多是一個熟悉路口的底線。沒錯，
從被忽略的距離到全體的關係，

意味著陌生不同於現實中的
空無一人的長椅，猶如寂靜背景

有我們一點也不介意的微光。表面上，
我從沉默體驗到碧草中的過程，

遠比秋天落後，但是有什麼關係，
亦不像在別處，還能瞞過我們的縫隙。

風比風
更像風傳奇

（給孫波）

有時，人生的奇妙在於，
你出現時，記憶滯留在以前，
而以前彷彿不像昨天，這中間
倒也節略了倒放的風景，它猶如風，
比風更像風掠過，包含著
最遙遠的疏忽，直到我在距離中
辨認出我們的一份默契。或許
你還有更好的理由，但風
先於我彷彿抓緊了繩子的渺小，
甚至慢慢縮小的秋天高過了
中年的沉默。所以，重新開始時，
都不是全部的溫習，正因為你的
出現，才會有比起孤獨你更
遭遇到波浪和波浪之間的深淵，
它並不藉口命運的必然，它的確
是一個參照物，但不會成為
我們的謎底，更別說提前可以
預示唯一的機遇。也許我們
歷史的風格不存在，多數情況下，

飲酒不止一次爆發，你進一步
在自我克服中體會到神祕的耳語。
風大起來，大過了波浪的起伏，
也大過了漏洞，沿坡度對我們
試探著灼熱的挽留，同時還順帶了
對月亮的偏見，以及永不過時的照耀。

九棵樹
邊境傳奇

（贈小布頭）

八通線地鐵到九棵樹，這裡真是
違背常識。經過拐角的轉彎處，
我從未見過藍天，你無法確定的是，
九棵樹陷入九十九棵樹，傳說中
窮途末路通過歷史抹掉了不同方向的
樹林，的確是經不起時間的呼吸。
朝廷彷彿並不重要，泡沫在昨夜的
大雨中冒出來，顯得很業餘，
比如，你真的見過九棵樹麼，這一帶
它在哪？只有孤零零的八通線
最像沉吟不決的異鄉。是的——
這就是我們私下想像過的舊南門，
大路邊懷揣粗糙的花園，它的記憶
只剩下白雲唯一的邊境，甚至
在人心的遙相呼應就顯得有點遲鈍。
有時逃離我們四周的空曠，彷彿
需要雨水濺落的辨認，偏僻到
人造的脊骨。在你收藏的書本中，

漂泊有醒目的孤寂，沿一個流派成就
我們的殘街，取自於你永恆的招魂。

天使的眼淚傳奇

（給林側）

此處的微雨，用忠於你的方式，
確保比它還深刻的距離，隨身攜帶的
暗夜，幽亮得猶如波浪的低音，
意味著它在你的生活從未誤入歧途。

低於過早的落葉。直到你證實
我們的交流比饕餮的本色仍然有效，
也只有在提前的波浪中，探底
才能獲得你更好的潛行。

從真實到虛無，其實超過了
全部的安慰。以至於你在想，麻醉
是暫時的，它在我們之間不參與
對世界的偏見。正如你看到的——

黑暗獲得大雨的般配，一點也
不遜於天使的眼淚。其次，天堂
同樣保持著黑暗的距離，群峰的致謝
彷彿你低頭認出了你的源頭。

遙遠的味道始終呼應著記憶的
正面和反面，極少改變地貌的隱喻。
也有例外，在你對天使提出要求之前，
天使曾以眼淚照耀了你的照耀本身。

刺客傳奇

多像一個發音的模糊。始終
瞄不准人生的缺口，但一落實到
你身上，必會比饑餓的感受
反倒更顯生疏。畢竟扣動板機
取決於詩對你的動機。有時，
作為刺客來頭不小，他可能是來自
你身上的缺口，成為另一個你，
躲在背後苦練技藝，通過實施計畫
才能接近於你的真實面目。一旦
扣動板機，詩先於子彈濫用了先前的
生活。你驚異於詩被抽掉了
弧線時間，彷彿糾正月亮對原則的
偏見，以至於你追趕另一個
自己。顯然，暴力美學不負責
外表的情形，黑暗中的發音
繞開了刺客信條的局限，偶爾發光
其實源於屍體的磷光，如同
未來的列傳栩栩如生，直到你
夢遊帝國的邊界才有了永生的羞愧。
作為回報，他通過另一個你從不誤解

你的致命一擊，並且重於刺客
對詩和流亡那偉大的抗拒。

青弦時光傳奇

（贈冰兒）

它不曾低估過你的下午。
偏心不意味著偏見，它肯定
對你既有比陽光更偏愛短暫的別處，
又包含個人化顯露的執意。
其他方式不過是配合著手磨咖啡，
即便是涉及狹窄下的空間，
也不妨礙一流的細緻。不論
我停留多久，至少一個下午領略了
我們身上立體的靜默。仙嶽裡
附近，市井的繁華通過
詩的見證終結於一個人的優雅
彷彿可以跟冬天的美色媲美。
有多少天賦孤立於手藝，
就有多少權利僅限於你對禮物的
慷慨。或許它其實憑藉陰影
到達過我們的深淵，從外表看，
正如你的善意源於提醒：「只聞花香，
不談悲喜」，這一點好像不曾

改變過。可以與人分享的位置，
最終會在盡頭取道一首詩的美德。

大象詩社傳奇

它的出現不過是偶然，
彷佛漫不經心在我們身上阻止了垮掉，
比冬天還懂得怎樣利用深淵
來暴露詩的行蹤。一個隱祕的起點，
既能混淆我和你在遠方的界限，也能
區別出我和你在落葉間的不同。
此刻，也許你是對的，精神

不因霧霾的長時間而分裂，
這的確是僥倖，但不意味著我們的漏洞
不會一覽無餘。我確實表示過，
僅就寫作的饋贈而言，用十二卷
《大象詩志》，可兌換十年茂盛的草木，
就像從前的禮物，在我們之間
肯定有落葉的影子。或者說，

詩，先於你的虛無超過了黑暗中的
寫作，彷佛不這樣，我們
欠它的一筆債務沒辦法償還，
難免會給神祕的樂趣打了個折扣。
至於挽回生活的面子，則取決於

我們的遺忘比整過容的時光
更深刻。有時，我更願意

表達的是，詩的反方向加深了我們
對它完美的認識，正如生活
有那麼多的泥沙堆積，越是清醒，
就越容易判斷出我們孤立於
詩的鏡子。表面上，我欠它
抒情的反光，倒不如說，我欠你
背景中蘆葦清透的倒影。

注：大象詩社，其實取自「大音希聲，大象無形」之意。

雨比你
更洞察傳奇

用雨比喻冬日的夜晚，不同於
用夜晚比喻霧霾的虛無。
遙遠的雷聲，如同巨石從山頂

滾動得更快。任何情況下，
雨比你更洞察出世界的寂靜，
就憑一道閃電，雨就是

你漆黑的裂縫，人生的孤獨
比起全部的理由更充分
集中在它的浸沉裡，仿佛

可以共用祕密的契約。偶爾，
聲音還沒來得及從雨的倒影
拔出來，就迅速在個人處境和

歷史的記憶之間擴展，綿密
如你在雨中奔跑幾乎失效，
甚至錯過只有波浪才能找到的

突破口。僅僅借助一個角度，
它客居在你的身體裡，試探你
如何比喻它的重新開始。

同樣，你目睹雨的開放性，
不會驚訝於它在夜晚的旋渦中
先於你保持著堅硬的洞察。

1912年
啟示傳奇

（給黃梵，兼致梁雪波）

仿佛永遠是這樣，木樨不會
浮動熟悉的桂花，二月的太平北路，
不僅沒有輸給現實中的現場，
還醒目於1912年在我們之間傳遞
那陌生的街道幽深。剛剛下過的雪，
包含比守望還幸運的意思，好像
裹著一種人性的挽留，更接近於
1912年延續的可能。很顯然，
它是我們置身的座標，比如，坐在
茶客老棧裡，對下午的光陰作出
必然的反應，以至於1912年的
完美，反而看上去更像時間的穿越。
假如是這樣，這就意味著我穿越了我，
你穿越了你，就好像我們從未誤會過
它如此的永恆。又比如，在它的
一個瞬間中，遙遠的方言夾雜懷舊
氛圍如煙霧彌漫試探著我們。也只有
在安靜的時候，我們才是它的時間。同樣，
你也許會贊同一首詩，仍然可用於它的

記憶有效性。不論你如何接近它，還是我如何遠離它，在它所堅持的面目下，一首詩的1912，也足以能觸動我們和世界僅剩的距離。

煙花皆
寂寞傳奇

湖邊的四周，它讓我看見
夢一般的幽深，隱隱約約接住了嫣紅。
而你只看見的卻是時間的
一個紫綠瞬間，從一開始沒有

辜負夜空的善意。沿著錯覺的
本能，它穩穩綻放出小小的宇宙，
像是離你最近的祕密，照亮田園詩的
空遠。此刻我比個人記憶更信賴

它的寂寞，哪怕世界還有另一面，
也不隱瞞它的墮落和原因，同時試探
你的反應，就像慧星的簽名，
但不同於慧星向你推薦的對未來

眺望。有時，我將視覺的盛宴
比作比驚豔還神祕的美豔，就在
這一刻，更深入人性中的一個漩渦，
幾乎完勝我們的弱點。其實，

夜空下的情形，不論如何假像，
始終純粹於我們有可能比現實更虛幻的
生活。萬古皆寂寞仿佛隨著新鮮的
深度，淪為另一時間美妙的替身。

龍門潭
碧綠傳奇

天氣陰沉，早於陰影的預報，
用不了多久，很快被雨水這個節氣
取代。你也許會發現，它曾以
龍門為勢陣，未必就不如
石潭的深淵。你甚至可以假設
深淵延緩了我們的時間，
它陷於雨水的陰影，但未必安於
現狀。正如碧綠被折射到
澄清的深水，幾乎無不源於我們
尋找的光源，比起絕對的靜止，
一點不輸給後面洶湧的石灘。
它有天生的靈感，取決於你如何
汲取到神祕的反襯，怎麼看，
彷彿它只是毫不掩飾對我們發出
邀請。作為回報，你更加
確信完美不過是永恆的可能性。
借助於一片原始森林，不斷
完善它自身的奇跡；它能讓香樟
在禮貌中巡視春色，不過度
依賴你，也不試圖在我們之間醞釀
一點虛無。如果有必要，天氣

深刻於陰沉，在你的身邊，雨水
將晨鐘癒合於遙遠的暮鼓，
平靜得似乎從未產生過一絲漪漣。

從鏡子反射出
你的世界計畫

對比鏡子的裡外，你看不出來，
它實際在冬天的清澈裡更邀請了你，
隨著更多的等待，變成了
廣場的空曠。或者，比起你的孤獨，
就好像寒風翻倍了一下，我們容易
顯露出縫隙中的蛛絲馬跡——
當然，絕不僅僅滿足於神秘的反射。
假如我沒有記錯，鏡子向你借過你的影子，
甚至暗夜中的匍匐。最完美的焰火，
僅次於冬天漫長的耐心，
彷彿是一次謀殺，淪為鏡子的本身，
或者相反，淪為祕密的人質。
更多時候，給世界的一個高度，
意味著你必須攀登它，一旦命運
通過鏡子實證了你的替身，我就會
減少站在白雲背後的受益。
但有時，你未必不知道
自己在裡面，世界是巨大的鏡子，
反射出我們遺忘的關係。

夜遊都柳江計畫

夜色變得透明。熱愛的生活
都有變形的可能，你也許會贊同
我與風景簽下的合約，至於能不能履行
則是另外一回事。或許足音
會來到你身邊，就像都柳江越是平靜如鏡，
現實自然越是現實本身的遠方。
眼前一座大橋不會比我更接近於
變幻無窮，反射出一會兒綠一會兒紅，
而你有過慷慨的大橋，建立於秘密的友誼中，
始終都是時間向前推進。更多的計畫
超出了更多的浩渺，但你說，
這不算什麼，燈籠比我們的賜予
按比例排列更恍惚於隔世。
剛掠過的彗星便不算是我的命運，
很難說有任何一次漏洞，可以能寄存
今晚的月光，這有點像
被我們誤解的遠山。不僅如此，
真理習慣於永恆的錯誤，嘿——
提醒你需要最高貴的包容，嘿——
落葉保持偏僻的距離，夜遊勝過地方口音，
我們敞開了我們身上的天使。

細雨中
訪甲乙村計畫

在蜿蜒中緩慢，但這還不夠，
在大片山霧中連緩慢都難以察覺。
聳立的出生地之旅，已經到
這裡了。彷彿是一個寓言的古老，
從迷信到縹緲，在我們之間完成了深淵。
恰當的語速有助於我們清醒，
通常，甲乙村環繞靜謐，我確實沒見過
山中有村落，空氣兜售少有的自由，
得好好看看周圍，那些小漿果
從不帶有私人性質，展露著
我們不得不面對的美麗的缺陷，
再配上農舍的背景，看上去不影響
夏日很快地沉入黑漆漆的夜幕。
葉子在葉子裡像新換的舌頭
更靈敏，稍一碰觸就會縮回到後面。
偶爾細雨放飛附近的瀑布，蘊含著
神祕的情感。顯然，我在這裡
被冷得發緊。但我想，肯定不只是
改變了我的身體，不同的深度
有不同的體驗，像是有了一個主語，
人和山水經過相互指涉，才會

掌握天賦的可能。所以，我的講述
無法穿透村落的沉默，僅僅是
比輕盈更偏愛於對抵達的克制。

乘坐高鐵返回計畫

從秘境到輕熟的詞典：幾乎漏了
高鐵的真切，我們耗盡一路上的時光，
去實踐著另一種轉換。一切權利
屬於一場最後的雨，看吧看吧——
這似乎我們學到了遺憾，解散的修辭趕在
天黑之前，這意味深長的宣告，
豈止代替日常掩飾，因更遠而客觀
緘默。山水如同夢境，被加速於
短暫的遺忘。返回尋找更深的
比喻，看上去貫穿了一個依舊是
新穎的生活，裡面裝著的回音
像啟示也有速朽的時候。
我忽然覺得我減少的，不會
僅限於逃離群體的去處，如果只與
陌生有關，那就是鐵軌沿襲了
非法的旁觀，夾雜著我及時
配合多餘的眾多睡眠，可以用來
揭示收穫不同於各自的經歷。
比如觸及虛無的空氣，又不能
低於熱浪，最顯眼的難免要過隧道
這一關。所以說，借助迷信的

描述，底線一點不底線，兩茫茫
一點不兩茫茫。我只贊同於
同一件事在不顯形中有裡外之分。

逗留
麋鹿村計畫

借助僻遠的風聲，它確定了
我的位置。在此之前，一滴雨
先於我到達，或者說，大雨的去處
泛著野外的暮靄，不斷蒸發掉，
這本身貼近了蓬勃的家譜，
這本身豈是命運的輪迴。村子的
方言中，確實夾雜著螞蟻
和蝴蝶的口音，只適宜於對我們
不同角度的示範，彷彿我們是謹慎的
門外漢。一點不奇怪，我們的烏雲
和白雲，在一群孩子的集合點，
錯開得十分明顯，似乎比宇宙深處
更合乎愛的孤獨，即使我減少
對時間的虛無，可時間一點並未
覺察。名義上我們短暫的停留，
隔著小小年紀，骨子裡其實
還得辨認出自己。就好像一腳
邁過牌坊，把樹木的濃蔭穿在身上，
以至於我沒法拒絕更多的真實。
很可能，它介意於我的介意，

把我們放逐在它的放逐中，看上去
隨時從自然的共鳴抽身而出。

左右不離
我的左右計畫

魔鬼聲音裡的聾子。
長安城的週末，試圖用鐵血吶喊
撫慰少數花朵，比聳立的峭壁
脫節於你的轉身。唯一值得
慶賀的是，你不離我的左右，
猶如你的天真，兜售新的
身板火爆。至少時間為你駕馭奔流，
以及沿途看上去像風景的租期，
似乎比神祕的拐角考驗著你
對生活的耐心。即使趕在天黑之前
一次性迷路，也不會減弱你的
盲目，這意味深長的罕見，
涉及到我身邊的左右。盛名之下，
還得再次倒回去，秋日比地鐵
延伸到別處，不論規模大小，
沉默顯然超過寬闊，就好像我們
經過打交道之後，在我的左右，
你先於失聰本身出色完成了尋找。
所以，我沒有機會和你談論
古老的半坡，但有機會和你默契

到一個潛臺詞：我們的聲音
癒合在世界的傷口裡。

從長樂坡
到轉喻計畫

（給惠妹）

從長樂坡地鐵站一出來，
你很快就會知道，轉喻如何加強了
每一個細節，包括路邊還在
建設中，比陷阱的例子更深不可測。
你的參與被現實記錄，僅僅只是
多了兩次機會，一次僵硬的
判決書，但我沒有贊成，
這種情況比較複雜，有可能
帶出不設防的公眾敞開；另一次
你好像從鄰居伸出枝條，有意無意
忽略一號線地鐵的時間。有時，
下午密集於身邊垂柳的四周，
難免冒著一絲熱氣，仿佛簡短些，
一旦啟動親愛的速度，足以讓小花招
減少到一個深坑。不必吃驚，
外地的擁抱可用於植物的洗禮，
你不需要向記憶證明，轉喻其實
並非上帝僅具有，那裡，可以
列入新發現。我的意思是，偶然的

傾斜來自一次錯誤，這就牽涉到
更多的錯誤，像低調的細雨，
絕不盲目於黑漆漆的露天。

將進酒計畫

大街上的海，自主於我們的身邊，
因周圍的酩酊而稍顯真實。

嗜酒的振盪聲，不絕於耳，
灌木叢偏頗的奧祕，仿佛混淆了斬獲。

鬆開生活的繩索。如果我說到了醉，
你就知道木椅的位置越過界線。

這意味著緘默，並不足以化解寓言，
更大的場面配合著浮沉的談論。

時間滑向了一邊。你得費點神，
這一次，寄懷落實於恍惚的遙迢。

木頭面具隱喻國家的虛假。讓謫貶的
酒杯配上獸紋，就像鬼斧適應神工。

你聽見的洶湧，襯托出另一面的輕挑，
我重新確立自己與大海的關係。

必要時，追溯到御用廣場的責任，
鐵匠在夜晚的敲打中變得可疑。

但我們的確不缺少更多的真相，
哪怕驚人的狂歡，禮物從來不遲到。

不同於一般宴會，它收縮我們的心臟，
猶如海水圍攏，我們的鬼魂全部復活。

加入你的
生日計畫

（給安安）

遠在南山的白雲，對屬於
你的早晨不陌生，它藏著
一個預言，表面上看，它
無關生活的鄰居，但難不
倒節日的鄰居，作為唯一
的見證，航班的另一面試
探著秋天的深淺。與淹沒
在人流中的陽光相比，你
察覺到在你出生之前你早
已存在，還不包括錯誤以
及錯誤補償你的禮物。一
旦敞開，就如同夢境通體
明亮，提醒你，早晨適於
裝飾陽臺上的花，繁茂最
原始的懷舊。論深淵，你
的沉默甚至勝過南山的距
離，不管從哪個方向，生
日覆蓋了節日，同時帶來
比神祕的誕生更信任的傾

聽，即使白雲提前願意加
入，也不妨礙大海以外的
燦爛。僅僅談論病歷像不
像詩歌的怪癖，同樣不能
成為全部的理由。沿預言
的線索，恭喜你的記憶重
獲陽光，這也許是一種機
遇，意味著命運醞釀天使。

去大望訪友計畫

（給黑光無色）

分布於山中蜿蜒有綠有聲源，
你可能不知道，我測試過一個季節的
輪迴，與其相似的是，我在輪迴中
尚未迷路，彷彿舊風景堅守了
舊的去向，配合著午後的大望村。

語言在這裡不必尋找別處，
每個細節總顯得水到渠成。比如，
跳出疾病與治療之間的暴政，
身體比波浪還足夠遼闊。再比如，
死亡在植物的隱喻下向你

借題發揮，加深生活的重心。
凡過於最真實的，一點不像出自於
任何藉口。這表明細雨比陽光
更能懂得樹椿像你一樣深入的孤獨，
所以你必然在此，用渺小向未來

講述。除了時間混跡其中不可更改，
儘量避免睡眠以外的悲觀主義，
即使它是新鮮的，也不會遜於比湖泊
最深邃的記憶。這絕不僅僅是
湛藍隱蔽於空隙，出於禮貌的邀請，

山村的階層四處遷徙，以你為鄰。
我測試過語言的小街景，通過輪迴
似乎淪為遙遠的事物。作為一個代價，
你必然長久凝望，仿佛身後
有缺陷的影子高於有塵埃的影子。

節日讀來信計畫

（贈聶廣友）

來信不分晝夜，仍適於節日
應付失眠的一部分，有了它，沒準
落葉有了重新選擇的機會。

正如你的來信從落葉開始，
並擴大到深深的裂痕，比在白天的信任
還倒計時，隔著黑暗力量的侵蝕。

我選擇的是，我在失眠裡不必
作出選擇。不論天賦的自我修養，
單就氣氛佔據你的沉默早已不成比例。

最好的藉口就是聚集，也沒準會鼓舞
你比從前更接近天籟，不曾失誤於神祕的
友誼，這就涉及來自草坪的記憶。

借助來信，我瞭解到你的挑剔，
同樣，也瞭解到你趕在落葉之前你的
祕密詩學糾正了敏感的問題。

失眠繼續深淵，就像身邊瞞過
白雲的虛無，但未必能瞞過你的底牌。
確切地說，流動的音樂可不在於起點。

也許正是這個原因，重要的話
沒有說出，可以延遲節日漫長的堵塞，
彷彿落葉，引來更多的雨和廣場口音。

耐心計畫

沒錯，時間的偶然，或者說
時間的即興性，之前未曾輸給比恍惚
還能多一點的幸運。如果你看不出來，
沒有關係，連我不能確定偶然
是不是很好的例子。比如，你不可能
見識到我的耐心，這不同於
現實中某種缺席，但一定會及時
出現在現場。沒錯，即使耐心
有多短，差不多也是路邊陳列著
菩提的底價，而它們的原貌，
僅僅限於試探你的樂趣；沒錯，
隨便挑選一枚，絕不挑剔它的背景，
用砂紙打磨涉及鑾幹，我的確
顯得毫無經驗。表面上菩提比石頭
還挺硬，仿佛手藝很天真。如果
還能幸運的話，按照菩提子的尺寸，
通過必要的耐心，一件事情在時間的
走神中完成了。更何況，它的
真面目可能比渾圓勝過泥褐色的沉悶。
你說的沒錯，作為平等交換，
我不能令它產生局部傷口，同樣，

我的洞察力仍然不被它所證實。
唯有耐心，比互相摩擦更像夜晚的業餘，
剩下的部分，看上去沒剩下幾樣。

與童年無關，抑或穿透計畫

（贈徐豔）

一小段記憶似乎有太多的空白，
但你保留了完整。至於其他，
不過是尚未被插上翅膀，所以你
偏愛聚集於童年的一種新的語速，
它及時補充了我不在場的證據。

在你之前，我以中年的秋日
出現在你的天空，沒有留下任何痕跡；
而在我之後，你以小女孩形象
才出現於學校，但我無法和你交換
任何禮物。更奇妙的是，我們好像還能
講述互相融進彼此的故事。

涉及沉默，必然牽連到不可知的
迷信。有時隱祕的白雲將我們身邊的雨
在視野的修辭下鋪開，像穿透。

不能低於現實。然後才發現
詩的縫隙太多，正是通過縫隙，你

轉彎不抹角找回了我，就好像
找回另一個世界的呼吸，替代了
命運的消音器。但有時，離散的像素
明顯拼不出更實際的高度。

不給書信留下一點機會。或者
沒人能查探你的底線。我確實說過，
凡能穿透的，不涉及童年，即使還有
線索一再被忽略，不延伸就不可能，正如
你用出色的冥想，多於我的無人區。

也許下午
在厚街計畫

（給朝歌）

好像介於繁華和廢墟之間才有
這樣的來歷，它遙遠如一個南方的幽深
記憶：從後街到厚街，假象之下
沒有絲毫做到無縫對接，藉口縫隙
表明一個背景成為背景的折扣。
在下午確定之前，你先於我認出了
我的不確定的行蹤。或許還有
更好的藉口，問題是我身上
帶的東西不夠用，沒法和你交換。
假如下午比平時多一些機會，
混跡其中我不必被時間的矛盾所束縛。
你的確令人信賴，我在你身上
認出了遺址的風貌，而你同樣
也在它身上認出了我的低達，彷彿
下午時光才得以完整。帶詩的
旅程向外敞開，任何時候，我不會輕易
疏忽另一種比較。假如我經歷了
這些，就很好理解了你的生活規律。
這還不算，環境可能不止一次大修，

它在我們之間尋找歷史的漏洞。
偶爾，秋天在遺址中似乎稍好一點，
比起我們的漫步，一個下午仿佛
遭遇到一場試探：我們才是它的尺度。

暮晚遠足
計畫

（與友人程祖晗遊焦贊石水庫）

水庫巨大得如同唯一的遼闊，
稍一踏上，便令你產生宇宙的規模感，
彷彿不這樣，你幾乎就抓不住
救命稻草。暮晚之下，一根稻草的真實
取決於把健康的金黃比作波浪，
你要是這麼想，那它與秋雨的關係，
不會作為現實的例外。唯有詩
決定了遠方的邊界，凡領略過的風景，
從不隱瞞你是它的缺點，或者
我的缺點比你顯得多餘，以至於
風在我們之間定位方向，難免夾帶
落葉的顏色。偶爾從鄉村一次遠足，
一點不難想像邊界被容易弄混。
在此之前，暮色先於我們降臨水面，
近乎一個底線，試探我們的反應。
更微妙的是，遠足屬於風景
配合著你，就好像你從詩中接受了
它的催眠術，所以你和稻草的關係
僅次於人和孤獨的關係。從這裡

出發，總有一個事實：我們的機遇
比遠足的縫隙沒準也是宇宙的縫隙。

午夜篝火計畫

你一定喜歡陌生的篝火，
它忠實於午夜的典故。你未必知道
典故有可能來自不可重見天日的
巨大的寂靜。比如，沿音樂
按住火源，它還原為冰冷的木柴；
但不保證升起時，它會用讚美
為黑暗遠道而來的寂靜圍繞。
沒準就是，你比我們忠實於啤酒，
講究的是單獨的意義，你在
我們之外，精通對午夜
引用技術，換句話，你和篝火之間
有一個新鮮的深度。騎在
篝火之上，至少你還能追上陌生的肺腑，
涉及舞蹈，是天賦租用了與我們
有關的體面：美本身是一個
午夜的極限，屬於神祕的氣浪。
相似的東西太多了，可以斷定是
很有天賦的形狀，仿佛世界
僅限於你的小圈子，潛伏到黑暗中的
心臟。有時，枝繁葉茂的遠方，
給陰暗不定的臉龐帶來懸念的暗示，

你會發現渺小不過是渺小的深度，
就好像你添加著更多的木柴，
火在狂歡中絲毫不會變得更高。

人在羅浮山
計畫

（再給程祖晗）

有時候天氣的蔚藍似乎不因
白雲而察覺出移動的痕跡。
也不用說你比秋日的背景還熟路輕轍，
它本身的細節整齊而有序，適宜
草本偏向於南方的深邃。

聽憑枯葉從我們的時間而落，
其實更需要人生修道。也有時候，
飛瀑撕開綠蔭的陰影，顯得
有些曲折，峰巒和洞溪
又一次突出比天空高遠的眺望。

像是世事來自遙遠。泛指的路線
總有一個比蝸牛漫長的爬行
還漫長的藉口。但事實上——
人在風景才能得以回到自身，
造就了獨具一格的互補之美。

正如這裡水量充沛，並不限於
會長出風聲裡的果實。這沒什麼奇怪，
偶爾引用白雲的有跡可循，
你無法想像我用死者的時間
換取比無枝可依更陌生的信賴。

更多時候，羅山和浮山
在我們有限的談論中合而為一，
仿佛不曾存在過分裂。或者這麼說吧，
要理解這一點最好的方式是，
我們曾以萬籟的方式錯過萬籟俱寂。

留仙洞的
碧藍計畫

（給徐東）

碧藍未必只有天氣才能體現，
比起唯美，還延伸至自然的律動，
就好像我們積極的參與，
就構成此地的不對稱。即使
和早市相比，碧藍它是最好的

借鑒，甚至放大它的本色，
以至於我們不得不尋找留仙洞
另外的來歷。彷彿你稍一沾邊，
更就有了接近柵欄後面假像的機會，
似乎每個人是此地的潛行者。

風的遲鈍遠遠不如風的政治，
專揀我們的趣味以避開最後的重量。
但此地無洞，哪裡還能顧得上
傳說中的留仙，好像圍繞我們的
碧藍，從未進入以往的啟示錄。

僅剩地名出於目的地需要。這就
牽扯到顧名思義，你很少會想，
我們的早晨和碧藍的早晨有什麼區別，
它們看上去同樣很新鮮，像是被鳥鳴
喚醒，就決定了我們身邊的遼遠。

低於霧霾計畫

（贈淩越）

也許你面對的，理想國不一定
是具有我們的理想。霧霾的盡頭，
不一定是呼吸的綿延。風景給我們
上了生動的一課，怎麼說也得看
陷阱的彌漫還能有多久，就像是
一個妄議，蔚藍打著我們的邊界之名，
才是不肯露出漏洞呢。最終的

暮色，媲美於這天氣反復的堵塞，
仿佛可以服從大自然的戰陣。
低於此刻，或許並不完全出於
我們習慣中的後遺症，就連原有的
觀念去掉修辭，也是在所難免；
譬如說，你可能沒聽錯，理想國必然
有你的影子，比其中的幸運

還酣暢，好像參照過本地的奧祕。
需要新的耐心去見證一下，
這關乎到我們的蔚藍史。低於霧霾，

意味著鐵證如山，在你旁邊的酩酊中，
糾正了對生活的態度。經歷無數次
飛行，漏洞通過遙遠逐趕著漏洞，
一首詩通過我們逐趕著一首詩。

夜談乘以
啤酒計畫

（贈康城）

和你談論到「寫作的有效性」，
語境下充滿著我們對聲音的遲鈍。

看上去更像是我們身上的深淵，
但從未深過啤酒的深淵。

它不同於見證歷史的改變，
所有問題原本比旁觀可以避免。

這就涉及到詩，其滲透能力
堪比神祕的忠誠，糾正「本地的技藝」。

如果你不介意更多的聲音，
我傾向於一種不斷更新的「虛無」，

再乘以啤酒彷佛小於強烈的預感，
甚至可以追溯到明淨的部分。

這確實有點驚人，我們的談論
在夜間至少不會遜於「心靈的力量」。

很明顯，唯有啤酒沒有辜負過
啤酒的泡沫。但我們的沉默

遠遠不及我們的眼光，稍一掂量，
天賦突出人生的倔強勁，始終點綴

一種「詩的平等」，如同你不會
想到設法彌補孤獨的現實。或者，

我們是啤酒的靈魂出竅，正因為
這樣，才以泡沫介入時間的深淵。

彼此即景計畫

（為高翔、周麗伉儷而作）

我經歷過無風的天空，
它的氣息比此地趨向曲線柔和；
似乎要將援引於臨海的邊界，
類似的，遠景不負責我們
缺席的現場。如果涉及清晨，
我能感到即便插上翅膀
也不能低於孤獨，但只限於
我們在自身的空曠中
作出的選擇。而一旦傾心，
便讓人聯想到局部是怎樣無限
擴張到一場恒久的愛情。

這的確與風景無關，僅僅是
我們的即景。換句話，
你是他的即景，他是你的另一處
即景，連結一體恰似生活的
環形呼吸，此刻我擁有的見證
足以歷史了現實的未來。
也許我該慶倖真實的靈魂

從未讓你們漏網，彷彿天賦
就是詩歌和油畫在彼此即景中
找到微妙的平衡感，積極配合了
比高處更令人信賴的清晨。

獻辭計畫

坐了一個下午。離流逝中的陽光
越來越近，乾燥如你身體裡的傲慢，
偏向我們這邊隔代的假像，新年
啟動最低的和最高的雙重計畫。

唯一的例外，獻辭比落葉繞開了
雜遝的無趣，總結於霧霾少數的深淵，
你降低時間猶如拼圖完成了一半，
映照柵欄的臉，比默契更接近我們的

祕密。就好像在此處，不朽即庸俗，
則涉及到你如何利用人生的縫隙
傾向於更嚴酷的日子。落葉的衰敗
絲毫不會改變我們對方言的遺忘。

這一切或許是整個下午的教育制度，
出於習性，低處的咖啡館演奏民謠以示
剛剛開始的埋葬，這也許是你的預期：
用我們一樣的衰老結束這一年。

花紋與灰塵停止交談，解脫於波浪。
小小的舞臺跟隨著事實，過濾了心靈的
敏感，柔軟更適於我們唯一的矛盾，
如同完美的下午完美了我們的少數。

順應週末指引計畫

（贈非亞）

南方的週末，在我們小聚會
更加孤立，那些未完成的談話，
隨著一場細雨壓低身段，
混淆著展開，如同達成默契，
或是核心的禮貌，一點不用
擔心潰散。比如，對現實的瑣碎
作出判斷，遠遠不是你能夠
順應它的指引；交通系統
在我們中間無論如何緩解，也遠遠
不及更多的光向下開始擴散，
最終會揭示出灰塵的來源。
有時，順應週末的指引彷彿你
順應了舊派植物的翠綠，
好比自然的純粹，適應了人生的
裂縫。更有時，觸及很多事物，
即使你把自己算進去，表明
你有在場的證據，但它始終懷有
一種少數的慷慨：提供足夠的
時間去摸底。無論小聚會是不是

像夢一樣真的，也許你該知道，
南方不斷擦亮著我們骨頭的黑暗，
仿佛黑暗中的聲音顯得意志無比。

大寒決定詩歌的時間計畫

最後的氣節南下，落差不能
大於詩歌的時間。風寒決定低溫，
果樹決定哀敗史。有時，太多了，
彷彿是靜止的旅行，也不能減緩
它的速度。直到我深深嵌入

詩歌的傷口，或者穿過它，
向天空陰沉的邊緣敞開；
直到陌生的地方呼應了我們的倒影，
逼近一種最冷的盡頭。如同
它永不隱瞞更多的身世——

比如現在，破敗的博物館
確立孤獨，太多了，無用的言辭
不斷加深本來面目。也許還有
更好的機會試探全新的風貌，
但它更願意分配給蜿蜒的寂靜。

像是南方另一種純粹，蝴蝶
和花朵停止交談，交出果實的時間；
音樂和咖啡停止交談，交出

幽深的時間；同樣，教堂和遠方
停止交談，交出了詩歌的時間。

這就意味著，我們曾深刻
誤解過它的深刻，我們曾迷誤
陷入過它的迷誤。任何時候，
生活的小語氣不足以形成風景的插曲，
就像清晨和翅膀，難免要過高度的未來。

雨夾雪瞬間計畫

你遇到一個問題就好像
應驗了我們對本地的反應，或者
援引雨夾雪的說法，它其實
與深淺無關，比瞬間還嚴守時間，
甚至從未錯過我們的睡眠。
不止你才會有想法，從此處
到遠處，我從未見過不同尋常的南方
景象，茂密的灌木叢才有了
新穎的結局。有時，你未必能
感受到雨夾雪的變化，不論它夾帶
風聲，還是遙遠的白雲，都不
影響它塑造的時間，就像它徹底顛覆了
我們原有的時間。它在你身上的
回應，比起你的想像力，更善於
判斷是什麼需要更新和補充。
如果比喻，雪，它在我們之間
比距離更突出深淵，至於雨——
進化到所有的沉淪，如同暗流中的
起伏，以至於我們繃緊了腳印。
最關鍵的，雨夾雪，這迷人的小宇宙，
沿向下呼嘯的氣勢，不斷加深著

幻象與現實難以區別的關係，
隨時能覆蓋這偉大的沉默。

稱之為立春，或旅程計畫

鐵軌加速了清晨的時間，就好像
你從未想過立春的痕跡在冬日看上去
比偏僻的河水顯得醒目；或者，
你從未想過天空會露出破綻，隔著
一層玻璃，仿佛你和你都不在乎

緊挨那麼近。有時，稱它為立春，
倒不如稱它忙著為你製作旅程中
飛舞的雪花，完美於你和一排排
掠過樹影之間的互動，白茫茫一片
甚至連人世也陷入群山的深處。這意味著

你所說的很可能是對的，就像
更早先的睡眠最終壓垮了樹枝。
如果稱它為返鄉，至少它還有另一種
含義，傾向於你出沒在比旅程的
更遠中，直到你的更遠出沒在

比波浪還遠的遼闊中，糾正了
你對它的偏見；回憶混雜在鐵軌的金屬
記憶，一直延伸到立春的案發，

其實你不必解釋動物足跡
很可能是你使用過的各種面具。

比孤獨還顧環，隨著現場那陌生的
深度，不曾向命運隱瞞過一次疏遠。
這也許是非常重要的一環。
你從未想過你擁有的天空，不因湖水
參與倒影而避開永生的深淵。

早春繞開
細雨計畫

（The early spring steers away from the drizzle）

很少這樣想，它在我們旁邊
兜著圈，繞開了一場濛濛的細雨。

它用它的地氣，私下裡最先恢復
自然僻靜的記憶，配合黎明前就地取材。
就好像我們尚未適應的一個儀式，
牽扯到我們通過它的時間返回自己。

從槐樹到柳樹，每個新枝的細節處
都比細雨的赤裸還很誘惑。
直到我們被雨水的淅瀝聲帶得更遠，
甚至直到細雨比我們更掩蓋
使用過的語言，反而看上去
比我們更像是掩蓋著對饑餓的態度。

不同於外表的機遇，早春近乎
完美，它比我們先繞開了濛濛的細雨，
仿佛雨是它的例外。它有足夠的驕傲，

還需要我們用舌頭分辨，以至於
人生從沒有誤會過它的味道。

這意味著它除了方言沒有別的選擇，
繞開一場細雨，倒不如說直接繞開了
我們之間最深邃的廢墟。

途經皖南山村計畫

此刻，下午為你準備好了
峰巒疊翠的時間，不出意外的話，
連同飛瀑插上白雲的翅膀，至今尚未
降低比幽藍更深的鳥鳴。

像是剛剛打過招呼，除了
山路婉轉於比傾斜還傾斜，畢竟，
此處只接受唯一的班車，靠近
離你最近的是景致的倒影——

彷彿遠離了塵世，給你帶去
林木蔥籠的靜寂。幾乎無需過渡，
皖南山中的下午已就足夠久遠，
一個祕密縱身，確乎比明清時期

更深入你的背影。有時候，
與其在初春信賴綠葉全部的孤獨，
如果你願意，不如恢復生命的
一種衝動，就像提前深受看不見的

雨中的啟發。另一些時候，
如果沒有記錯，山村的途徑自東向西，
比起你冥想時彷彿回到的雲霧飄渺
更帶來清澈無比的詩的見證。

讀詩人89　PG1601

傳奇與詩

作　　者	阿　翔
責任編輯	徐佑驊
圖文排版	周妤靜
封面設計	蔡瑋筠

出版策劃	釀出版
製作發行	秀威資訊科技股份有限公司 114 台北市內湖區瑞光路76巷65號1樓 電話：+886-2-2796-3638　傳真：+886-2-2796-1377 服務信箱：service@showwe.com.tw http://www.showwe.com.tw
郵政劃撥	19563868　戶名：秀威資訊科技股份有限公司
展售門市	國家書店【松江門市】 104 台北市中山區松江路209號1樓 電話：+886-2-2518-0207　傳真：+886-2-2518-0778
網路訂購	秀威網路書店：http://www.bodbooks.com.tw 國家網路書店：http://www.govbooks.com.tw
法律顧問	毛國樑　律師
總 經 銷	聯合發行股份有限公司 231新北市新店區寶橋路235巷6弄6號4F 電話：+886-2-2917-8022　傳真：+886-2-2915-6275

出版日期	2016年9月　BOD一版
定　　價	350元

國家圖書館出版品預行編目

傳奇與詩 / 阿翔著. -- 一版. -- 臺北市 : 釀出版, 2016.09
面 ;　公分. -- (讀詩人 ; 89)
BOD版
ISBN 978-986-445-141-8(平裝)

851.487　　105013860

讀者回函卡

感謝您購買本書，為提升服務品質，請填妥以下資料，將讀者回函卡直接寄回或傳真本公司，收到您的寶貴意見後，我們會收藏記錄及檢討，謝謝！如您需要了解本公司最新出版書目、購書優惠或企劃活動，歡迎您上網查詢或下載相關資料：http:// www.showwe.com.tw

您購買的書名：________________________________

出生日期：________年________月________日

學歷：□高中（含）以下　□大專　□研究所（含）以上

職業：□製造業　□金融業　□資訊業　□軍警　□傳播業　□自由業

□服務業　□公務員　□教職　□學生　□家管　□其它_____

購書地點：□網路書店　□實體書店　□書展　□郵購　□贈閱　□其他

您從何得知本書的消息？

□網路書店　□實體書店　□網路搜尋　□電子報　□書訊　□雜誌

□傳播媒體　□親友推薦　□網站推薦　□部落格　□其他__________

您對本書的評價：（請填代號　1.非常滿意　2.滿意　3.尚可　4.再改進）

封面設計____　版面編排____　內容____　文／譯筆____　價格____

讀完書後您覺得：

□很有收穫　□有收穫　□收穫不多　□沒收穫

對我們的建議：________________________________

____

____

____

請貼
郵票

11466
台北市內湖區瑞光路 76 巷 65 號 1 樓
秀威資訊科技股份有限公司 收
BOD 數位出版事業部

(請沿線對折寄回，謝謝！)

姓　　名：＿＿＿＿＿＿＿＿　年齡：＿＿＿＿　性別：□女　□男

郵遞區號：□□□□□

地　　址：＿＿＿＿＿＿＿＿＿＿＿＿＿＿＿＿＿＿

聯絡電話：(日)＿＿＿＿＿＿＿＿＿＿(夜)＿＿＿＿＿＿＿＿＿＿

E-mail：＿＿＿＿＿＿＿＿＿＿＿＿＿＿＿＿＿＿